평화동에 사랑이 있습니다

평화동에 사랑이 있습니다

김용선 희곡집 2

평민사

차례

들어가는 말

편안한 휴일 오후입니다.
창문 틈으로 시원한 바람이 불어오고
햇볕은 적당히 따뜻하고 음악은 잔잔히 흐릅니다.
커피포트에선 보리차 냄새가 구수하게 퍼지고 있고
마주 앉은 그녀는 엷은 미소를 띠며 책장을 넘깁니다.
고요하고 평화로운 시간입니다.
오랜 시간 동안 옆에 누가 있다는 건
기적 같은 일입니다.

TV를 켜면 시끄럽습니다. 사건, 사고는 끊이지 않고
정치인들은 서로 상반된 얘기를 하며
지지자들은 분노하고 있습니다.
먼 나라에선 아직도 전쟁이 계속 중이며
물가는 계속 오르고
올 겨울은 더욱 춥다고 합니다.
미래에 대한 불안은 긴 밤을 뒤척이며 잠 못 들게 합니다.

세상이 자꾸만 우릴 앞으로 급히 떠밀고 있습니다.
잠시의 지루함도 용서치 않으며
계속 무언가를 끊임없이 해야 하고

그렇지 않으면 불안하고 뒤처질 것 같습니다.
하지만 시간은 상대적입니다.
기차를 탈 때 역방향으로 앉아보면
똑같은 시간이지만 더 느리게 흐르는 것 같고
지나쳐 온 것을 느긋하게 바라볼 수 있습니다.
공간 또한 그렇습니다.
똑같은 크기지만 누구는 편안함을 느끼며 살고
누군가는 답답함을 견디다 못해 뛰어 내리기도 합니다.

도처에 평화를 기원하며
두 번째 희곡집을 완성했습니다.
항상 쏟아지는 햇빛도 무심코 다니던 주변의 길도
다르게 보면 달라 보입니다.
간혹 멈춰서 보면
너무 아름다운 세상입니다.

2022년 가을 끝자락
김용선

물 흐르는 소리

등장인물

선호
춘희: 선호 처
명수: 장남
현숙: 장녀
재식: 차남
윤정: 재식의 처
소희: 재식의 딸
미숙: 차녀
동철: 미숙의 남편
유미: 막내딸
정인: 미용실 원장
판수: 마을 이장
도훈: 선호의 전 보좌관
산지기
김형사
경찰 1. 2

무대

전라도 오지 산골마을. 산 중턱에 자리 잡은 낡은 기와집.
뒤로는 소나무와 전나무가 빽빽하고 아래로는 계곡이 흐르
며 멀리 산등성이가 이어져 있는 풍경이 아득하다.

1.

때는 정오가 좀 지날 무렵.

선호는 평상에 앉아있고, 산지기 할아범이 지게에 땔감을 지고 다가온다.

손에는 대나무로 만든 긴 빗자루를 들고 있다.

산지기 벌써 4월인데 날씨가 왜 이렇지요?

선호 그러게요. 눈이 올 것 같기도 하고… 뭘 쓸어요?

산지기 걷다가 개미라도 밟을까 봐서요.

선호 걱정도 팔자네. 어떻게 그걸 다 일일이… 죽을 목숨이 산 목숨 될까….

산지기 그려도 모든 생명이 귀한 것잉게 노력은 해야지라우.

선호 아무튼 할아범은 죽으면 좋은 데 갈 거야. (사이) 저기 구름 좀 봐. 여긴 신선이 사는 곳 같아.

산지기 있으면 신선하고 장기라도 한판 두시게요?

선호 그러게요. 막걸리 내기로 장이야 멍이야 하며… 신선놀음이나 했으면 좋겠네요. 아무튼 여기 들어오길 잘 한 것 같아요. 세상사 다 부질없고 죽으면 끝인데 뭐 하러 악착

같이….

산지기　오늘 누구 제사라 했지요?

선호　또 물어 보네. 아, 애들 죽은 에미….

산지기　근디 언제 돌아가셨다 했지요?

선호　오늘이 꼭 1년째예요.

산지기　여기 오시기 전에 뭐 하셨다 했지요?

선호　할아범은 가는 귀 먹은 게요? 아님 기억을 못하는 거요?

산지기　당췌 나이 먹으면 누구나… 그러니까 뭐 하셨다 했는지….

선호　아, 됐어요. 말해줘도 모를 거요.

산지기는 지게를 내려놓고 땔감을 들고 부엌으로 간다.

산지기　불을 좀 때야시, 안 되겠구만라우. 손님들도 오신다는데….

선호　놔둬요. 내가 할게요, 할아범.

산지기　괜찮아요, 도련님이 그런 일 하면 되나요? 내 하는 일이 이건데…. (부엌에 가서 아궁이에 불을 지핀다)

선호　(산 아래를 멀리 바라보며) 이제야 좀 안개가 가시네.

도훈, 잠에서 깨어나 방에서 나온다.

도훈　괜찮으세요? 빨리 일어나셨네요.

선호　음… 자네는?

도훈　어제 술을 많이 먹었나 봐요. 골이 띵하네요. 물이 어딨죠?

선호　저기 약수물 마셔.

도훈　(약수터로 가며) 이 물 마셔도 돼요?

선호　안 죽을 테니까 걱정 말고 들어. 수돗물보다 더 깨끗하니까….

도훈　아, 시원하다. 휴우… 술은 꼭 적당히가 안된다니까… (선호에게 다가와서) 생각 좀 해보셨어요?

선호　무슨 생각?

도훈　선생님. 이번에는 꼭 된다니까요.

선호　사람은 나설 때와 물러설 때를 알아야 한다고 했네.

도훈　맞아요. 이번이 바로 나설 때입니다. 저번에야 워낙 쟁쟁한 분들이 나오는 바람에 그렇게 됐지만 이번엔 틀림없다니까요. 위원장님도 저번에 진 빚도 있고 해서 이번엔 꼭 밀어준다고 약속했고, 경쟁자도 별로 없어요. 또 제가 누굽니까? 김도저, 불도저 아닙니까? 이번에 세게 밀어붙여서 꼭 당선시키겠습니다. 믿어주시고 이번 한 번만 더 나와 주십시오.

선호　글쎄, 난 생각이 없다니까… 내가 왜 여기 들어와 있는 줄 아나? 이젠 헛된 욕심 버리고, 건강도 챙기고, 그냥 쉬고 싶네.

도훈　저도 알죠. 하지만 그간 칩거하시면서 마음 정리하고 새로 구상도 하시리라 생각하고 있었습니다. 너무 많이 쉬시는 것도 좋지 않습니다. 이제 기지개를 펼 때입니다. 선생님은 아직 젊어요. 할 일이 많습니다. 그동안 고생도 많이 하셨고 이젠 보답을 받으셔야죠.

선호　환갑이 넘었는데 젊다고? 나이 먹으면 욕심을 버리고 커가는 사람들에게 양보해줘야지, 계속 자리 지키고 있는 것도 꼴불견이야.

도훈　아이고 선생님, 살려주십시오. 전 오직 선생님만 바라보고 여기까지 온 사람입니다. 저를 봐서라도 이번 한 번만 꼭 나와 주십시오. 제가 잘하겠습니다.

선호　어허, 이 사람. 자꾸 왜 이러나? 나 말고도 젊고 유능한 사람 쌔고 쎘으니 잘 찾아봐. 좌우지간 해장을 해야 할 텐데….

도훈　아닙니다, 번거롭게… 전 빨리 내려가서 대충 때우고, 여기 지역구 사람들 좀 만나고 선거운동 해야죠. 내일, 모레쯤 다시 들르겠습니다.

선호　소용없다니까, 그만 오게.

도훈　그럼 전 이만… 의원님 사랑합니다!

도훈, 산 밑으로 내려간다.
잠시 후 몇몇이 산을 올라온다.

재식	아, 힘들어. 아버지는 좋은 시내 놔두고 왜 이런 데서 사는지 모르겠어. 등이 다 젖었네. 형 괜찮아?
명수	무지 덥다.
재식	차도 못 올라오고….
명수	경치는 좋네.
재식	아버지 저희 왔어요.
선호	(담담하게) 왔냐?
윤정	아버님 잘 계셨어요?
선호	그래 오느라 고생했다.
소희	할아버지!
선호	오, 소희 왔구나. 공부 잘하고 있지?
소희	네. 항상 건강하세요.
선호	그래. 자, 옜다! (돈을 손에 쥐어준다) 맛있는 거 사먹어.
윤정	아버님. 돈은 무슨….
선호	됐다.
윤정	저금해!
소희	네. (좋아서 뛰어 다닌다)

사이.

재식	몸은 좀 어떠세요?
선호	좋아지고 있어.

재식   시내 큰 병원 많은데… 뭐 하러 이런 데서….

선호   내 병은 내가 잘 알아. 걱정마라.

사이.

윤정   아버님. (선물 꾸러미를 꺼낸다) 이거….

선호   뭐냐?

윤정   건강에 좋다고 해서….

선호   이런 걸 뭐 하러… 여기 지천에 널린 게 약초다.

윤정   형님은 언제 오신대요? 음식 해야 되는데….

선호   곧 오겠지.

윤정   네. 그럼…. (부엌으로 들어간다)

산 아래를 내려다보던 명수, 다가온다.

선호   넌 좀 어떠냐?

명수   머리가 항상 무겁지요, 뭐….

선호   그러니까 병원에 가서 정확히 진단을 해봐야지….

명수   병원 의사 놈들이 뭘 알아요? 저도 제 병은 제가 알아요.
        이건 병원 가서 나을 병이 아니고 조상들이….

선호   또 그 소리… 툭하면 조상, 조상….

명수   지금 조상들이 이렇게 몽니 부리고 있는 줄 몰라요? 꽤

씸하다, 꽤씸하다….

선호   아이고 이놈아 또 그 소리… 넌 언제나 정신을 차릴래?

명수   아, 됐어요. 나만 보면 난리야….

선호   저, 저놈이….

명수, 대청마루로 가서 앉는다.

재식   (산 아래쪽을 바라보며) 참 좋다.

윤정, 부엌에서 야채 찌꺼기를 든 바구니를 들고 나온다.

윤정   아버님 이거 어디다 버릴까요?

선호   여기선 아무 데나 버려도 된다.

윤정   네.

선호   참, 부엌에 가면 아궁이 선반 위에 담근 술 있을 거야. 그
것 좀 가져올래?

윤정   술 드시게요?

선호   응. 모였으니 한잔 해야지. 잔도 가져오고….

윤정   잠깐 기다리셔요. (야채 찌꺼기를 버리고 부엌으로 들어간다)

재식, 평상으로 다가와서 앉는다.

선호 　재식이 넌 요즘 뭐하냐?

재식 　그냥 이것저것 생각하고 있어요. 맘과 뜻대로 안되는구
　　　만요.

선호 　세상 일이 어디 쉬운 게 있더냐….

재식 　여기 있으니까 좋으세요?

선호 　신경 쓸 게 없으니 좋다. 공기도 좋고….

재식 　그러시겠네요. 근데 전….

윤정, 술을 가지고 온다.

선호 　오, 그거다. 이리 가져와라. 산수유 담은 건데 한잔 씩 마
　　　시자.

윤정 　산수유요?

선호 　산수유는 몸에 좋은 거야. 특히 남자한테….

윤정 　정력에요?

선호 　어? 허허… 여자들한테도 좋지.

윤정 　전 좀 부칠까요?

선호 　좋지.

윤정, 부엌으로 들어간다.
산지기, 다가온다.

산지기   지는 이만 가보겠습니다요. 불은 붙여놨으니….

선호   이리 와서 술 한잔 하고 가요.

산지기   아니요. 됐어라우. 손님들이나 챙기셔요. 지는 이만….

산지기, 산 밑으로 내려간다.

선호   명수야. 이리 와라. 술 한잔 받아라.

명수   전 술 안 해요. 조상님이 노해요.

선호   아이고 알았다, 알았어. (사이) 재식아 네가 받아라.

재식   저 주시게요?

선호   그래. 먹고 힘내라.

재식   과연 힘이 날까요? 아버지 저기 아래 콩밭도 우리 땅이
          에요?

선호   그려. 왜?

재식   아니요. 저거 팔면 안돼요?

선호   팔아? 뭐하게?

명수, 평상으로 다가온다.

명수   도둑놈 새끼… 또….

재식   형은 무슨… 내가 뭘 어쨌다고… 그냥 물어본 거야. 요즘
          시세가 어떤가 해서….

명수 시세 알아서 뭐하게? 너, 또 땅 팔자 어쩌네 하고 엉뚱한 짓해서 집안 재산 날릴 생각하지 마.

재식 난 확실한 거 아니면 안 하니까 걱정 마슈. 그리고 형 것도 아니면서 왜 그래?

명수 내 것은 아니어도 우리 가족 거니까 딴 생각하지 말라고!

재식 가족은 무슨… 엄마 것이지. 형 것은 하나도 없으니까 형도 나서지 말고 욕심 부리지 마!

명수 뭐 어째? 야, 내가 그래도 장남이니까 대표로 말하는 거야, 집안 걱정해서….

재식 집안을 위해? 형이 지금까지 한 게 뭐 있는데?

명수 뭐?

재식 군대 제대하고 이때껏 돈 한번 벌어본 적 있어? 툭하면 엄마한테 대들고 속만 썩이고… 지금 형 나이가 몇인 줄 알아? 장가도 못 가고 낼 모레 마흔이야. 근데 지금도 맨날 조상타령이나 하고 있고… 형이 지금 이러고 있는 게 조상 탓이야? 형이 못나서 그렇지. 제발 정신 좀 차리라고!

명수 뭐 새끼야! 이게 어디서 형한테….

재식 왜? 또 때리게?

명수 너 이리 와! (평상에 있는 소주병을 집어 든다)

윤정 어머!

명수, 재식에게 소주병을 던진다.

재식　뭐야! 아 씨팔…. (몸을 피해 달아난다)

명수　야! 너 거기 서! 거기 안 서!

선호　그만두지 못해! 만났다하면 쌈박질이냐!

재식은 산 밑으로 달아나고, 명수는 재식을 쫓아간다.

윤정　아, 저걸 어째….

선호　냅둬라. 한두 번이냐….

윤정　아, 저러다 다치기라도 하면….

선호, 술 한잔 들이킨다.

선호　요즘 좀 어떠냐?

윤정　소희 아빠 땜에 힘들죠. 맨날 사업한다고 나돌아 다니면 서, 돈은 한 푼도 주지 않고….

선호　네가 고생이 많다. 소희는 공부 잘하냐?

윤정　아이고, 공부요? 누구 닮았는지 공부는 담을 쌓고… 그래 서 아예 공부는 틀렸다고 생각하고 국악 학원 보내고 있 어요. 소리는 곧 잘 하네요.

선호　소희야!

소희는 꽃을 한 움큼 들고 다가온다.

소희	할아버지 이게 무슨 꽃이에요?
선호	응, 그건 제비꽃이란다.
소희	제비꽃? 제비처럼 안 생겼는데요?
선호	오랑캐꽃이라고도 하지.
소희	네… (꽃을 머리에 꽂는다) 어때요?
윤정	미친년….
소희	왜?
윤정	머리에 꽃 꽂고 다니면 미친년이야.
소희	피! 그런 게 어딨어? 이쁘기만 한데… 그쵸, 할아버지?
선호	그럼. 우리 소희, 그동안 소리 얼마나 배웠는지 한번 들어볼까?
소희	아직 별론데… 일단 해볼게요.

이산 저산 꽃이 피니 분명코 봄이로구나.
봄은 찾어 왔건마는 세상사 쓸쓸하더라.
나도 어제 청춘일러니, 오날 백발 한심하구나.[1]

선호	야, 우리 소희 잘하네. 누굴 닮아서 이렇게 잘하지? 소희는 장래 뭐 되고 싶어?
소희	저는요, 우리나라 최고의 명창이 될래요.
선호	그래, 그래야지. 열심히 해서 꼭 명창이 돼야지.

---

1) 판소리 단가(短歌) '사철가'

윤정   그만 가서 손 씻고 옷 좀 갈아입어.

소희   할아버지랑 더 얘기하고 싶은데….

윤정   어서!

소희   치…. (안으로 들어간다)

사이.

윤정   그나저나 아버님. 제사 음식은 뭘로 할까요?

선호   나한테 물어보면 어떡하냐? 일단 나물 먼저 삶아서 무치
       고, 생선 좀 찌고….

윤정   안에 있는 거 하면 되겠네요. 형님은 언제 오려나…?

미숙과 동철, 나타난다.

미숙   아빠. 저희가 좀 늦었죠?

동철   그간 편안하셨습니까?

선호   어서 오게.

미숙   빨리 왔네?

윤정   네, 형님. 며느리가 빨리 와야죠.

동철   장인어른, 이거….

선호   뭔가?

동철   건강 챙기셔야죠.

선호　홍삼? 여기 천지에 널려있는 게 보약일세. 아무튼 고맙네. 식사는?

동철　오다가 먹었습니다.

선호　그럼 후식으로다 술 한잔 할 텐가?

동철　좋죠, 딱 한잔만….

선호　한잔은 정 없고… 잠깐만…. (일어나서 방으로 들어간다)

사이.

미숙　뭐부터 할까?

윤정　나물 먼저 하죠.

미숙　여보 당신은 불 좀 때요.

동철　내가?

미숙　이런 데 오면 남자가 그 정도는 해야죠.

동철　알겠습니다, 마님….

선호, 방에서 술병을 들고 나온다.

선호　어이 유 서방, 어디 가? 잠깐 이리 와봐.

동철　불 때러….

선호　이따 하고 얼른 앉아 봐.

동철　네.

선호　이게 무슨 술인지 아나? 땡자주 먹어봤어?

동철　땡자주요? 그런 술도 있나요?

선호　땡자라고… 자넨 잘 모르겠구만, 도시에서 살아서… 가시 많은 땡자나무에 열리는 건데, 향이 죽이지. 자…. (한 잔 따라준다)

동철　네. 감사합니다.

선호　어때?

동철　향이 깊은데요. 직접 담그신 거예요?

선호　응. 난 쓴맛이 이렇게 맛있다는 걸 땡자주를 통해서 알았어. 이렇게 씁쓸하면서도 단맛 나는 술은 없을 거야. 인생의 깊은 의미를 담고 있는 술이지. 고통은 나중에 달콤한 약이 된다는….

동철　그럴듯한데요.

선호　사실 그래. 단 거 너무 좋아하면 안 돼. 건강에 좋지 않아. 쓴맛을 감내해야 인생의 깊이를 알 수 있지.

동철　옳으신 말씀입니다. 그런 의미에서 한잔만 더….

선호　그래. 자, 많이 마셔도 돼.

동철　(음미하며 마신다) 좋은데요….

선호　그렇지? 천천히 음미해 봐.

미숙, 접시를 들고 온다.

미숙 아빠, 드세요.

선호 벌써 다 했어? 자네, 파전 좋아하나?

동철 네. 엄청….

선호 맛있네. 자네도 먹어 봐.

동철 네.

미숙 당신은 불 안 때?

동철 좀 이따… 아버님 술 드시잖아.

미숙 어휴 힘들어, 가나오나 여자들만….

미숙, 부엌으로 들어간다.

선호 요즘 자네 하는 일은 어떤가?

동철 저야 뭐… 똑같죠.

선호 그래, 요즘 공무원이 최고지. 시세 안타고… 요즘 얘들
다 공무원 시험공부 한다고 하질 않나?

동철 그렇긴 해도 재미없어요. 남자는 사업을 해야….

선호 그런 소리 말게. 우리 둘째 놈 봐. 사업한다고 집안 돈 다
가져다가 망해 먹고, 지금은 빌빌거리고 있잖은가.

판수, 산 밑에서 올라온다.

판수 아이구 마침 집에 계셨네요?

선호 이장님이 웬일로…?

판수 할 말이 있어서 들렀지요. 손님들이 많네요. 뉘신지?

선호 아, 여기는 둘째 사위.

판수 아, 그 군청에 근무한다는….

동철 안녕하세요. 유동철이라고 합니다.

판수 그려요. 난 한판수. 한판 수를 낸다는 뜻이요. 내가 궁금해서 물어보는데… 군청에서 도로공사 담당하는 데가 어디요?

동철 왜요?

판수 아, 몰라서 물어요? 여기까지 올라오면서 느낀 거 없어요? 걸어 올라오느라 힘들었지라우?

동철 네, 조금.

판수 군청에서 무슨 일을 맡고 계신다요?

동철 전 수도세, 전기세… 세무 담당입니다.

판수 그럼 계장님?

동철 네.

판수 어쨌든 말이여. 유 계장님. 여기에 도로가 들어서야지, 어찌 불편해서 살겠소? 그래도 우리 마을이 전국적으로 유명한 마을인데 교통이 불편해서야 누가 오기라도 하겠소? 그 뭣이냐… 명품마을이면 뭐해요? 무슨 영양가가 있어야지. 사람들이 쉽게 올 수 있어야 관광사업도 하고 그러지요.

동철 그래도 그런 게, 이 마을의 매력 아니겠어요? 자연 그대로, 오지 청정마을….

선호 맞는 말이여. 사람들 많이 오면 여긴 다 베려버려. 좀 불편해도 지금이 딱 좋지. 안 그래요?

판수 뭐시여! 둘이 딱 말을 맞춰 부렸네….

선호 술이나 한잔 하시지요.

판수 아, 그려도 도로가 있어야지, 새끼들도 명절마다 집에들 찾아오는데 이래서 쓰겄어!

윤정 (접시에 부침개를 담아온다) 아버님, 여기 더 드세요.

판수 누구?

선호 며느리.

판수 난 또 누구라고… 분위기가 확 훤해지는 게, 갑자기 하늘에서 선녀가 내려오는 줄 알았네.

윤정 정말이에요? 고마워요. 많이 드세요.

판수 아, 그려요. (윤정의 손을 만지며) 손도 곱네. 저… 긴?

선호 외손녀요.

판수 아이구 이쁘게 생겼네. 아가! 이리 와봐라.

소희, 다가온다.

소희 안녕하세요.

판수 아이고, 인사성도 바르고… 나가 누구냐면 이 마을 이장이여.

소희 이장이요?

판수 응. 여기서 가장 높은 사람.

소희 그럼 대통령?

판수 대통령 말고… 대장. 이 마을 대장. (돈을 꺼내준다) 맛있는 거 사 먹어라.

소희 네. 고맙습니다. 대장님.

판수 그놈 참… 야무지게 생겼네. 참, 무슨 말 하다 말았지? 그렇지, 도로는 그렇다 치고 실은 내가 다른 할 말이 있어서 왔는디… 해도 될랑가 모르것지만서도….

선호 무슨 일인데요? 뜸 들이지 말고….

판수 그럼 내가 말을 꺼내는디… 장 선상님도 맨날 혼자 이렇게 살아선 안 될 것이여. 선 한번 보시오.

선호 네?

판수 계속 혼자 사는 것도 자식들 보기도 안 좋고… 그래서 나가 소개팅 한번 주선할라구요.

선호 에이 이장님도 애들 듣는데….

판수 들으면 어때요? 애들 인생은 애들 인생이고 장 선상님도 나름대로 자기 인생이 있지라우. 안 그런가? 유 계장.

동철 저야 뭐… 아무렴 그러셔야죠. 더 늦기 전에….

판수 그러면 말이 나왔으니까 쇳불도 단김에 빼라고… 요 아랫마을에 미용실이 하나 들어왔는데 그 원장님이 참하고 이쁘다는데 한번 만나 보실라우?

선호 음….

미숙, 다가온다.

미숙 전 반대예요. 엄마 돌아가신 지 얼마나 됐다고…. (오던 길
돌아서 가버린다)

동철 (미숙에게 쫓아간다) 이봐!

사이, 어색해진 분위기.

선호 맘은 고마운데… 됐어요. 이 나이에 무슨….

판수 이 나이라니요? '내 나이가 어때서' 이런 노래도 있지라
우. 일단 한번 만나보시우. 내가 옆에서 보기가 안 좋아
서 그려요.

선호 아, 됐다니까요.

마당 끝, 오동나무 옆에서 미숙과 동철, 수군댄다.

동철 당신 왜 이래? 아버님 보고 계시는데….

미숙 미용실 여자가 뭐예요? 품위 떨어지게… 더구나 하필 엄
마 제삿날에… 저 아저씨 누구예요?

동철 그 나이에 직업이 무슨 소용이야? 사람만 좋고 서로 마음만 맞으면 되지.

미숙 당신은 아무 것도 몰라. 아빠 재혼하면 그 재산은 어떻게 하고…? 상속 순위가 바뀌는데….

동철 그래? 그것까진 생각 못했네. 하지만 아버님도 계속 혼자 살 순 없잖아.

미숙 그래도 지금은 아니에요. 그만 가 봐요. 또 무슨 말 하는지 잘 들어봐요. (부엌으로 들어간다)

판수 일단 한번 만나보면 생각이 확 바뀐당게요. 참하지, 이쁘지….

선호 됐다니까요. 난 혼자가 편해요. 이 꼴 저 꼴 안보고….

판수 일단 내가 한 번 같이 올 테니 얼굴이나 봐요.

선호 에이, 그러지 마시라니까요.

판수 (일어선다) 그 머리도 한번 컷트해야 쓰것구만. 덥수룩하네. 좀 이쁘게 하고 있어야 여자들이 달라 붙지라우.

재식, 발을 다쳐서 절뚝거리고 올라온다.

선호 뭔 일이냐?

재식 형이… 병을 던졌… 아!

선호 이런 빌어먹을 놈이….

윤정, 급히 다가온다.

윤정   피나요. 이를 어째….

명수, 산 밑에서 올라온다.

선호   네 이놈새끼, 이게 뭔 짓이냐!

명수   왜 이래요? 저 새끼가 막 대들잖아요!

선호   야 이놈 새끼야 그렇다고 병을 던져!

판수   이럴 때가 아니라 빨리 병원에 가봐야 하는 거 아니여?

윤정   그래요. 빨리 가요.

판수   가만, 얼른 내 차로 읍내로 가는 게 빠르겠어라우.

선호   그래요. 좀 부탁해요.

판수   자 갑시다.

윤정   네. 감사합니다.

판수가 앞서고 재식과 윤정, 산 밑으로 내려간다.

선호   네 이놈 새끼. 너도 빨리 따라가 봐!

명수   내가 왜요?

선호   내가 왜? 네가 그랬다며! 형이란 놈이 맨날 빈둥빈둥 놀기나 하고, 동생하고 쌈질이나 하고 잘한다.

명수 　그럼 버르장머릴 고쳐놔야지… 어디서 형한테 대들고 그래요! 집안 꼴이 이래서야….

선호 　너나 잘해 이놈아! 군대 제대하고 지금까지 뭐했어?

명수 　몸이 아픈데 뭔 일을 해!

선호 　그러니까 병원 좀 다니면서 치료를 받아야지!

명수 　그런 아버진, 내가 해달라는 거 해줬어?

선호 　또 굿? 굿만 했다하면 다 엎어버리고 또 굿! 이 염병할 자식! 아프면 병원에서 치료를 해야지 굿해서 낫냐?

명수 　에이 씨… 온다 와… 천왕님이 노하신다!

선호 　또 지랄한다.

명수 　하늘에 계신 옥황상제님이 무엄하다고 한다.

선호 　야 새끼야. 옥황상제가 네 애비냐! 꼴도 보기 싫으니까 저리 가! 저리 안 가! (막걸리 잔을 집어 던진다)

동철 　아버님 참으세요.

미숙 　오빠, 그만해!

명수 　떽! 무엄하다. 감히 누구한테 집어 던지고… 물렀거라!

미숙 　아이고 내가 못살아. 오빠, 얼른 방으로 들어가!

동철 　형님, 그러지 말고 나랑 얘기 좀 해.

현숙, 산 밑에서 올라온다.

현숙 　집안 꼬라지하곤….

명수, 동철에게 이끌려 방으로 들어간다.

미숙   빨리도 오네. 장녀가….

현숙   내가 한가한 사람이야? 아빠, 화내면 몸에 안 좋아요. 오빠 저러는 거 한두 번이요?

선호   에이, 저 미친 놈….

동철, 방에서 나와 다가온다.

동철   오셨어요?

현숙   네. 제부도 별 일 없죠?

동철   저야 뭐….

현숙   음식 좀 했어?

미숙   하긴 뭘 해? 누가 있어야 하지….

현숙   재식이네는 안 왔어?

미숙   병원 갔어.

현숙   왜?

미숙   큰 오빠가 작은 오빠한테 소주병을 던져서 발을 좀 다쳤어.

현숙   저런… 그래서 내가 뭐랬어? 큰 오빠 무슨 조치를 해야 한다고… 저러다가 다른 사람이라도 다치면 우리 집 재산 다 날아간다.

미숙 그러게… 정신병원에 넣든가 해야지 불안해서 살 수가 없네. 당신 뭐 아는 데 없어요?

동철 뭘?

미숙 아, 정신병원!

동철 무슨 소리… 멀쩡한 처남을….

미숙 보고도 몰라요? 저게 맨 정신이야? 미쳐도 단단히 미쳤지….

명수가 들어간 방에서 독경소리 울려 퍼진다.

미숙 저봐. 저게 뭔 짓거리인지….

동철 내가 알기론 최소한 가족 중 두 명의 동의가 있어야 하고, 또 본인이 가려고 해야지, 무조건 강제로 병원에 데려 가기는 힘들어.

미숙 그래서 아는 데 있냐고 물어봤잖아요.

동철 동창 중에 한 명 있긴 한데… 그동안 통 연락을 안 해서….

미숙 아무튼 한번 알아봐요.

선호, 명수가 있는 방으로 다가간다.

선호 야 이놈 자식아! 소리 좀 줄여!

명수 오늘 제삿날이라면서요!

선호 제삿날이고 뭐고 잔말 말고 빨리 줄여! 처넣어 버리려니
     까….

명수 어허 무엄하다! 누구한테…!

선호 이놈의 새끼가!

동철 (다가와서) 장인어른 그냥 놔두세요. 참으시고, 저랑 술이
     나 한잔 더 하시죠.

동호는 선호를 평상으로 이끌고 간다.

미숙 저런 건 다 아빠 잘못이야. 어렸을 때부터 장남이라고 항
     상 오빠만 치켜세우고 챙겨줘서 그래. 그래서 안하무인
     으로 세상에 무서운 사람이 없어.

현숙 그래. 그땐 쌀밥 한번 먹기도 힘든 세상이었지. 어쩌다
     쌀밥이라도 하면 장남이라고 제일 먼저 갖다 바치고…
     응석받이로 키웠으니 지금 저 모양이지. 엄마도 저 인간
     땜에 죽었을지도 몰라.

미숙 그건 뭔 소리야?

현숙 저 인간 땜에 화병으로 죽었다고. 맨날 어디 나가지도 않
     고 집에 틀어 박혀있고, 엄마 앞에서만 얼쩡거리고 소란
     피우고… 진짜 동네 창피해서….

미숙 근데 난 지금도 미씸쩍은 게… 엄마가 죽은 날… 어떻게

죽었는지 그게 좀 이상해.

현숙 무슨 말이야? 엄마는 만성신부전으로….

미숙 그렇긴 한데… 어떻게 갑자기 돌아가실 수 있냐는 거지? 사람은 죽기 전에 뭔가 징조를 보인다는데 그런 것도 없이… 혹시 오빠가 엄마를….

현숙 에이 무슨 소리… 설마….

미숙 오빠가 맨날 자기가 아픈 게 다 엄마 때문이라고 그랬잖아. 엄마가 며느리로서 잘못해서 조상들이 화가 나서 자기한테 해꼬지 하는 거라고….

현숙 그게 다 미친 소리지. 아프면 병원에 가야지 조상이 어쩌고저쩌고… 아무튼 우리 집안의 골칫거리고, 웬수댕이다.

미숙 아이고 웬수가 어디 한둘이우?

현숙 네 신랑은 어떠냐?

미숙 웬수지 웬수. 주제도 모르고 꼴값하고 다니니….

현숙 무슨 일 있어? 바람 피워?

미숙 아니… 그냥 뵈기 싫어.

현숙 그려. 남자들 다 지긋지긋하다.

미숙 언닌 계속 혼자 살려고?

현숙 그럼… 뭐?

미숙 아, 돈 많은 영감이나 하나 잡아서 팔자 고쳐야지… 그 미모로….

현숙	아서라. 요즘 여자들 돈만 있으면 이 꼴 저 꼴 안 보고 혼자 사는 게 천국이라고 하더라.
미숙	돈은 있수?
현숙	내가 무슨….
미숙	참, 집은 어떻게 했어?
현숙	무슨 집?
미숙	무슨 집이라니? 엄마 집.
현숙	응, 그거. 내놨어.
미숙	팔려고?
현숙	그럼 팔아야지 뭐해?
미숙	그럼 언니… 나 좀 떼어주면 안 돼? 나 요즘 너무 힘들어. 현이 아빠 땜에… 돈도 한 푼도 안 갖다 주지, 나도 벌이가 없고… 언닌 혼자지만, 난 딸린 애들도 있고….
현숙	그게 몇 푼이나 된다고….
미숙	그래도 억은 넘을 거 아냐?
현숙	억은 무슨… 다 쓰러져가는 판잣집이….
미숙	정말 이러기야?
현숙	왜 이래? 갑자기 난데없이….
미숙	언니 너무 한 거 아냐? 어떻게 혼자 그 집을 다 가져? 엄마도 너무해. 자식들 많은데 어떻게 언니한테만 그 집을 다 줘?
현숙	그거야… 내가 엄마 간호하고 병수발 다하고….

미숙   그깟 병수발 누가 못해? 그렇다고 집을 다 줘? 엄마가 정말 그 집, 언니한테 자진해서 준 거 맞어?

현숙   뭐래는 거야?

미숙   그러니까 언니가 얼마나 엄마를 꼬드겼기에 그렇게 순순히 집을 물려주냐고….

현숙   애 말하는 것 좀 봐. 내가 뭘 꼬드겨?

미숙   나도 들은 얘기가 있어서 그래. 엄마 그렇게 몸 안 좋은 데도 휠체어에 태워서 동사무소에 가서 도장 찍은 거 말야.

현숙   그건 엄마가 그렇게 하자고 해서 한 거야. 그리고 내가 물려받을 만하니까 엄마가 물려준 거고….

미숙   무슨 소리…?

현숙   너희들 중에 누구 하나 엄마 돌본 적 있어? 다들 바쁘다고 내팽개치고… 난 하던 일도 때려치고 엄마 똥오줌 다 받아냈어.

미숙   그거 그냥 다 공짜로 했어? 날마다 일당 받았다며?

현숙   그럼 내가 일 그만 두고 간병하는데 어떻게 해? 내가 안 받겠다는 걸 엄마가 굳이 챙겨주신 거야. 너희들은 돈 준대도 안 할 사람들이고….

미숙   일당 주고 집 물려준다면 나도 했지. 그까짓 간병 누가 못해?

현숙   그까짓 간병? 너, 엄마 똥오줌 받아내고 그런 게 쉬운 줄 알아?

미숙	나도 그런 조건이면 다 해. 뭔들 못해! 혼자 욕심만 많아 가지고 여기저기 다니며 집안 재산 다 빼먹으려고… 누가 모를 줄 알아?
현숙	저게 그냥, 말이면 다인 줄 알아!
미숙	뭐? 한 대 치게? 언니면 다야? 이제 아빠 재산도 어떻게 해보시지!
현숙	너 이리 와! 이리 와!
미숙	또 무슨 꿍꿍이속으로 아빠 홀리려고!
현숙	이런 미친!
미숙	미친 년? 그래 옛날 버릇 또 나온다. 혼자만 착하고 고상한 척, 씨발!
현숙	이년이!
선호	뭣들 하는 거냐? 네들은 만났다하면 싸움질이냐? 네 엄마 제사 앞두고 뭔 짓들이냐? 에이 못돼먹은 년들, 빨리 제사 음식이나 안 해!
미숙	엄마가 제일 이뻐하는 큰딸 보고 다 하라고 하세요! 난 엄마한테 하나도 받은 것이 없고, 엄마 재산 다 물려받은 큰딸이 다 해야 하는 거 아냐!
선호	넌 뭐라고… 되먹지도 않은 말을 씨부리고 있어!
미숙	아빠도 똑같아요. 그때 왜 아빠 가만히 있었어요? 엄마가 그러는 거 말렸어야죠! 아빠도 큰딸만 생각하는 거잖아요!

선호 야, 이놈아. 현숙인 혼자 살잖아. 어렵게, 남편도 없이….

미숙 나도 힘들어요. 나도 이혼할 거예요.

동철 여보! 왜 이래?

미숙 나도 이혼하면 아빠 집이랑 다 물려줄 거예요?

선호 으흠….

미숙 당신, 우리 이혼하러 가요.

동철 갑자기 무슨 소리야?

미숙 갑자기가 아니고 오랫동안 생각해 온 거예요. 아빠, 나
이 사람과 못 살아요. 이 사람과 이혼할래요.

선호 갑자기 그게 또 무슨 뚱딴지 같은 소리냐?

미숙 이 사람, 겉으론 사람 좋은 것 같아도 자근자근 사람 속 긁
어먹는 사람이에요. 이젠 화병 나서 도저히 못 살겠어요.

선호 도대체 왜 그러는데?

미숙 한두 번도 아니고, 또 이년 저년… 내가 왜 힘든지 알아
요? 남들은 신랑이 공무원인데 무슨 걱정이 있냐고 하
지만, 이 잘난 남자가 두 집 살림을 하니, 어찌 안 힘들어
요? 내가 하루에도 열두 번씩 속에서 주먹만 한 게 올라
갔다 내려갔다… 참고 살려니 미칠 것만 같고….

선호 자네, 지금 이 말이 다 뭔가? 바람피우나?

동철 여보. 다 끊었다고 했잖아. 왜 이래?

선호 똑바로 말해. 자네, 바람피우는 거 맞아?

동철 장인어른. 죄송합니다. 전에 한두 번 실수한 적 있지만,

지금은 마음잡고….

미숙 마음을 잡어? 지나가는 개가 웃겠다. 엊그저께 만난 년은 또 누구야?

동철 거긴 친구 마누라라고 했잖아?

미숙 뭐? 이번엔 친구 마누라? 어떤 년이야!

선호 시끄럽다! 이거야 동네 창피해서… 자식들까지 있는 사람들이 뭔 짓거리야? 누가 들을까 무섭다.

미숙 아무튼 저 이혼해요.

선호 이혼을 하든 말든 네 알어서 해!

미숙 그럼 저한테 재산 물려주시는 거죠?

선호 내가 인생 헛살았다. 자식들이라곤 하나같이 뜯어먹으려고만 하고… 제대로 된 자식이 하나도 없으니… 나도 빨리 네 엄마 곁으로 가는 게 낫겠다. 어휴….

소희, 옆에서 보고 있다가 소리를 뽑아낸다.

소희 허무한 세상에 사람을 낼 재
웃는 길과 우는 길은 그 누가 내었던고 뜻이나 일러주오
웃는 길 찾으려고 헤매어 왔건마는
웃는 길은 영영 없고 아미타불 관세음보살님 지성으로
부르고 불러 이 생의 맺힌 한을 후생에나 풀어주시리라
염불발원허여보세

선호　애들 보기 부끄럽지도 않냐? 쯧쯧… 아이구 우리 소희 잘한다. 계속 해보거라.

소희　꿈이로다 꿈이로다 모두가 다 꿈이로다
　　　너도 나도 꿈속이요 이것저것이 꿈이로다
　　　꿈 깨이니 또 꿈이요 깨인 꿈도 꿈이로다
　　　꿈에 나서 꿈에 살고 꿈에 죽어가는 인생
　　　부질없다 깨려는 꿈, 꿈은 꾸어서 무엇을 할거나[2]

선호　좋아, 좋다. 소희야 이리와.

소희　네. 할아버지.

선호　그거 무슨 소리지?

소희　흥타령이요.

선호　흥타령? 누구한테 배웠어?

소희　할머니요.

선호　할머니? 언제 할머니한테 배웠단 말이냐?

소희　할머니 집에 갈 때마다 조금씩 배웠어요. 두 대목밖엔 몰라요.

선호　허… 그래, 그랬구나. 꿈에 나서 꿈에 살고 꿈에 죽어가는 인생….

　　　사이.

---

2) 남도 민요 '흥타령'

현숙	미숙아, 너 헛소리 그만하고 제사 준비나 하자.
미숙	몰라. 언니가 다 해!

미숙, 방으로 들어가 버린다.

동철	(미숙을 따라간다) 여보. 어디 가?
미숙	따라오지 마!

사이.

현숙	소희야. 이모 좀 도와줄래?
소희	네? 뭔데요?
현숙	파도 다듬고 마늘도 까고….
소희	네. 그거 저 잘해요.
현숙	아이고 소희는 누굴 닮아서 이렇게 이쁘고 착할까… 아빠. 소희는 엄마 닮지 않았어요?
선호	그런 것 같긴 하다. 거기 술 좀 이리….
현숙	술 좀 그만 드세요. 몸도 안 좋은데….
선호	잔말 말고 어서 줘. 술이라도 먹어야지, 안 먹으면 못살 것 같다.
현숙	그럼 조금만 드세요. (술을 건네준다)

주변에 약하게 안개가 쌓인다.

선호   저게 뭐냐?

현숙   뭐 말이에요?

선호   저기 하얀 옷을 입고 누가 휙 지나가잖아.

현숙   네? 아무 것도 안 보이는데… 뭘 보고 그래요? 아무도 없
       구만….

소희   저기 새 있어요. 하얀 새!

현숙   응?

선호   내가 헛것을 봤나… 요즘 이상하네. 자꾸 헛것이 보이
       고….

소희   새야! 새야! (일어나서 뛰어간다)

현숙   소희야 멀리 가지 마!

소희, 산비탈을 내려간다.

선호   요즘 어떠냐?

현숙   그냥 그렇죠.

선호   거기 그대로 살고 있고?

현숙   네. 제가 어디 가겠어요? 집 팔릴 때까진 있어야죠.

선호   그게 몇 푼이나 된다고….

현숙   언젠간 나가겠죠.

선호   왜 경수와 예진이는 안 데려왔냐? 네 엄마도 보고 싶어
        할 텐데….

현숙   그렇게 됐어요. 지 아빠가 못 가게 해요.

선호   나쁜 놈의 새끼… 이제 부모 자식의 끈도 끊으려고… 앞
        으로 뭐할 생각이냐?

현숙   글쎄요. 그냥 여기 들어와 살까요? (사이) 공사장 함바집
        이나 해볼까 해요.

선호   그거 식당일 하기 힘들 텐데… 할 수 있겠어?

현숙   여자 혼자 살면서 어디 쉬운 게 있겠어요? 뭐든 해야죠.
        그래도 제가 음식 솜씨는 좀 있잖아요. 아무래도 엄마 닮
        았나 봐요.

선호   하긴….

현숙   아빠 뭐 드시고 싶은 거 있어요? 엄마가 해준 김치전이
        맛있었는데… 하나 해드려요?

선호   그래….

        사이.

현숙   아빠도 생각나요? 우리 엄마 음식 솜씨는 동네에서 다
        알아줬잖아요. 돼지고기 크게 크게 썰어 넣은 김치찌
        개, 꽁치조림… 그거 하는 날은 밥을 두 그릇이나 먹었
        는데… 특히 멸치볶음 정말 맛있었어요. 약간 맵고 달짝

지근한 그 맛은 잊을 수가 없어요. 언제나 또 먹어볼 수 있을까요? 그래도 우리 어렸을 때가 참 좋았던 거 같아요. 좁은 방에서 온 식구가 다 함께 자고 불편하긴 했지만 지금 생각하면 아련한 추억이 됐어요. 겨울엔 고구마 삶아 먹고 번갈아가며 방귀 뿡뿡 뀌고, 연탄불에 떡 구워 먹고… 그땐 큰 오빠도 정말 영리하고 공부도 잘 했는데, 왜 저렇게 됐는지 모르겠어요. 우리 어릴 땐 왜 그렇게 가난했죠? 한땐 번화가에서 큰 가게도 하고 잘 살았다는데… 우리가 제대로 학교 다니고 공부만 쭉 했어도 다들 괜찮았을 텐데… 정말 오빠 말대로 우리가 조상을 잘못 모셔서 그럴까요? 아빠네 조상들 중에 누가 객사한 사람 있어요? 그래서 그 원한으로 자손들에게 해꼬지하는 걸까요?

선호　다 쓸데없는 소리다.

현숙　이상하잖아요? 갈수록 안 좋은 일만 생기고… 오빠 저러지, 나 혼자 됐지, 동생들도 안 풀리고… 아빠도 몸도 안 좋고….

선호　차차 좋아지겠지. 걱정마라.

현숙　우리 집은 아무래도 귀신들린 집 같아요.

선호　거 쓸데없는 소리 말라니까… 그런 거 믿지 마라. 조상이 어떻고 저렇고 하는 거 다 헛소리다. 점쟁이들이 괜히 돈 벌려고 하는 소리야.

현숙   자꾸 그런 생각이 드는 걸 어떡해요? (사이) 아빠, 혹시나
          해서 물어보는 건데… 이번에 또 선거 나가실 거예요?

선호   그건 왜 묻냐?

현숙   이제 그만 하시면 안 돼요? 사실 엄마도 살아생전에 많
          이 힘드셨잖아요. 아빠 정치한다고 다니실 때 가게 혼자
          다 맡아서 하셨고, 선거 때마다 그 많은 비용 마련하느라
          여기 저기 찾아다니며 아쉬운 소리하고… 전 요즘 정치
          한다는 사람들, 보기 안 좋아요. 국민에게 봉사하려고 하
          는 게 아니라 무슨 출세하는 것으로 생각하고, 선거에 당
          선되기 위해 갖은 수단 방법 가리지 않고 나서다가 일단
          당선되면 자기네들 잇속만 채우려고 서로 싸우기만 하
          고, 국민들은 뒷전이고….

선호   다 그런 것은 아니다.

현숙   물론 아빠는 그러시지 않겠지요. 하지만 전 아빠가 평범
          하게 살고 우리에게만 좋은 아빠로 남았으면 좋겠어요.
          엄마는 아빠더러 항상 뜬구름 같은 사람이라고 했어요.
          무슨 뜻인 줄 아실 거예요. 이제 아빠 몸도 안 좋으시니
          까 복잡한 일에 얽히지 말고 편안히 지냈으면 좋겠어요.

선호   그러면 나도 개인적으로 편하겠지만 누군가 나서서 변화
          시키고 이끌어야지 좋은 나라가 되지 않겠냐.

현숙   그걸 꼭 왜 아빠가 해야 하죠? 옛날 조선시대 선비는 젊
          을 땐 나서서 뜻을 펼치고, 그러다 세상이 허락하지 않을

땐 스스로 물러나 초야에 묻혀 학문에 정진했다고 하는
데, 아빠도 이젠 자신의 몸을 돌보면서 고고한 학으로 남
아 있을 순 없나요?

김형사, 산 밑에서 올라온다.

김형사   실례합니다. 여기가 장선호 씨 댁 맞죠?

선호   제가 장선호입니다만 근데, 무슨 일로…?

김형사   여기 장명수 씨 안에 있죠? 신고가 들어와서요.

선호   신고요?

김형사   폭행 신고요. 장재식 씨가 장명수 씨를 신고했어요.

선호   이런… 둘 다 내 아들이오.

김형사   그래요…? 아무튼 장명수 씨는 저와 같이 가셔야겠습니
다. 지금 어디에 있나요? 집에 있죠? 숨기면 범인은닉죄
로 처벌받습니다.

현숙   아빠… 어떡해요?

선호   별 수 없지 않느냐.

현숙   저기요, 저기 두 번째 방이에요.

사이.

김형사   (방문 앞에서) 장명수 씨! 장명수 씨!

현숙	오빠. 잠깐 나와 봐!
명수	왜 그래? 기도드리는 중인데….
김형사	경찰입니다. 장명수 씨 맞죠? 잠깐 나오시죠.
명수	(문 열고 나온다) 무슨 일이죠?
김형사	잠시 서에 같이 가셔야겠습니다.
명수	아니, 왜요?
김형사	동생 분이 장재식 씨죠?
명수	네, 그런데요?
김형사	동생 분이 신고했어요. 폭행한 거 맞으시죠?
명수	이런 개새끼가… 네. 갑시다, 가요. 가서 담판을 지어야 죠. 현숙아! 청와대에 빨리 연락하고 대법원장한테도 전 화하고… 알았냐?
선호	아이고 저 미친 놈….

동철과 미숙, 방에서 나온다.

동철	뭔 일이래요?
미숙	내 그럴 줄 알았어. 오빠 잡혀가서 몇 년 살고 나와야 정 신을 차린다니까….
동철	제가 같이 가 볼까요?
선호	미숙아, 너도 따라 가봐라.
미숙	제가 뭐 하러 가요? 오빠 한번 혼을 나야 정신을 차려요.

아무한테나 시비 붙고… 옛날부터 유명했잖아. 자기가 무슨 깡패라고….

동철 그럼 다녀올게요.

미숙 당신은 뭐 하러 가?

동철 아, 나라도 가봐야지. 아무도 없잖아.

미숙 하라는 일은 안하고 남의 일에는 저렇게 잘 나서니….

동철 다녀올게.

미숙 딴 데로 새지 마요.

동철, 나간다.

선호 근데 유 서방이 그러는 거 사실이냐?

미숙 제가 뭐 하러 거짓말을 해요?

현숙 재산 땜에 수작부리는 거 아니고?

미숙 내가 언니하고 똑같은 줄 알아? 저 이혼할 테니까 그런 지 알아요. (방으로 들어간다)

선호 쯧쯧… 조용한 날이 없구나.

산지기 영감, 다가온다.

산지기 땔감은 충분하지라우? (사이) 이거….

선호 뭐예요?

산지기	오다가 두릅 좀 땄어요.
선호	할아범은 눈도 좋아. 내 눈엔 하나도 안 보이던데… 낫은
	왜?
산지기	묘에 잡풀 좀 치려구요. 많이 자랐더라구요.
선호	놔둬요. 내가 할 테니….
산지기	(말없이 걸어 나간다)
선호	이따 저녁이나 먹으러 와요.

잠시 후 재식과 윤정, 산 밑에서 올라온다.

판수, 뒤따라온다.

선호	그래. 어떻게 됐어? 괜찮아?
윤정	네.
판수	몇 바늘 꿰맸어요. 뼈는 이상 없다고 하네요.
선호	그만하길 다행이다.
윤정	아버님 속상해 죽겠어요.
선호	그래. 네 마음 안다. 고생했다. 이장님도 욕봤네요.
판수	저야 뭐 당연히 하는 일이지만도 염려가 되구만이라우.
	저렇게 아무하고나 싸움질하고 다니면 안 될 텐데….
선호	빌어먹을 놈… 그렇잖아도 경찰이 와서 끌고 갔네요.
판수	그래요? 아이고 어쩌나….
선호	(재식에게) 이놈아, 넌 크게 안 다쳤으면 그냥 넘어가지,

형을 왜 신고를 해?

재식 형은 한번 크게 혼을 나야 이러질 않아요. 이게 한두 번이에요? 툭하면 뭘 집어던지고 칼 들고 난리치고….

선호 그래도 그렇지, 형을 신고한 놈이 어딨어!

재식 감싸지 마세요. 아버지가 그러니까 더 그러는 거잖아요! 더 큰일 나기 전에 무슨 조치를 해야지, 이거야 원….

현숙 그게 무슨 뜻이냐?

재식 누나 언제 왔어?

현숙 우리 집 남자들 중에 제대로 된 놈 어디 있어?

재식 왜 보자마자 시비요? 저러다 누구 하나 크게 다치거나 잘못되면 우리 집 재산 다 날아 갈 테니까 두고 보쇼!

선호 그래서 어떻게 하잔 말이냐?

재식 정신병원에 가두든가 해야지요. 저렇게 그냥 놔두면 안된다구요.

윤정 소희 아빠 말이 전혀 틀린 말은 아닌 것 같아요.

선호 병원에 넣으려고 해도 저놈이 가려고 해야지… 에이 빌어먹을 놈, 어디서 저런 게 나와 가지고….

판수 혹시 여기 다녀간 경찰이 김 형사 아니요?

선호 그야 우린 누군지 모르지요.

판수 키가 좀 작달만하고 통통하고 배가 좀 나오고…?

현숙 네. 맞아요.

판수 참, 아까부터 누구신지…?

선호	큰딸이요.
판수	아, 난 또 누구라고… (사이) 그렇다면 내가 가서 한번 부탁해 볼까요?
선호	네?
판수	김 형사는 내가 잘 아는 사람이요. 평소 형 동상 하는 사이라 내가 말하면 웬만한 것은 다 들어주니까… 정신이 좀 이상해서 그러니 처벌하지 말고 바로 병원으로 데려다 달라구 해볼게요.
선호	그게 가능한 일인가요?
판수	아, 지가 누굽니까? 그래도 나가 이 고장에서 50년 이상 잔뼈가 굵은 터줏대감 아니요. 마을 주민의 어려움을 바로 바로 해결해 드려야 진정한 이장이 아닐까요?
윤정	이장님이 시원시원하시네요. (엄지를 치켜세우며) 사이다!
판수	으흠….
현숙	난 모르겠다. 잡아넣든지 말든지….
재식	아버지. 어떻게 해요?
선호	넌 좀 가만있어. 그럼 가서 물어나 보시오.
판수	네. 그럼 이 몸은 해결하러 갑니다. 참, 선상님, 머리 컷트 좀 해야겠어라우.
선호	아, 알았어요. 얼른….
판수	자, 그럼….

판수, 산 밑으로 내려간다.

선호 그놈 새끼 땜에 편할 날이 없구나. 참, 지금 몇 시냐? 음식은 다 했냐?

윤정 아이고 이 난리통에 뭐 했겠어요? 정신이 하나도 없네….

현숙 그렇다고 안할 수는 없지. 동서 우리 둘밖에 없구만. 어서 서두르자.

윤정 네, 형님. 참, 우리 소희 못 봤어요? 아까부터 안 보이네.

선호 아까 새 본다고 밑으로 내려갔는데….

윤정 네? 언제요?

선호 좀 됐는데… 얘가 어디서 뭐하고 있나….

윤정 어휴 이 가시내가 가만있질 않고, 누굴 닮아서 그런지… 소희야!

윤정, 급히 산 밑으로 내려간다.
현숙, 부엌으로 들어간다.

재식 (평상에 앉아 술을 따른다)

선호 술은 안 돼. 상처에 덧난다.

재식 괜찮아요. 아무렇지도 않아요. 괜히 의사들 하는 말이고 스트레스가 더 문제라구요. 한잔 해야겠어요.

선호 넌 아무 일도 안하고 계속 그러고 있을 거냐?

재식   전 뭐 이러고 있고 싶어서 이런 줄 알아요? 뭐가 있어야 일을 하죠? 비빌 언덕이 있어야….

선호   또 그딴 소리하려면 꺼내지도 마라.

재식   (술을 벌컥 들이 마신다) 아버지. 그 시장 상가는 어떻게 됐어요?

선호   어떻게 되다니? 세 내놓고 있잖아.

재식   제 말은 누구 앞으로 돼 있냐는 거죠?

선호   그거야… 네 형이지.

재식   네? 왜 또 형이에요?

선호   야 이놈아, 당연히 장남이니까….

재식   맨날 그 장남, 장남… 다른 자식들은 자식이 아니에요?

선호   현숙이는 혼자 불쌍하게 사니까 니네 엄마가 물려준 것이고, 네 형도 사람 구실 못하니까 나중에 대비책으로….

재식   고목나무에 물 준다고 다시 살아나요? 저도 힘들어요. 죽을 것 같아요. 산 사람이라도 살아야죠.

선호   그래도 너희들은 몸이라도 성하니까 어떻게든 헤쳐 나갈 수 있어.

재식   몸만 가지고 살아요? 돈 없으면 죽은 목숨이나 마찬가지예요. 막말로 저한텐 뭘 해줄 건데요? 아무 것도 안 물려줘요?

선호   넌 대학까지 보내줬으면 됐지, 뭘 더 바래? 알아서 헤쳐 나가.

재식   요즘에 대학 안 보내주는 집이 어딨어요? 그건 기본이
    에요.

선호   야 이놈아, 주고 싶어도 뭐가 있어야 주지!

재식   여긴 땅 아닌가 뭐….

선호   여기? 여길 넘보고 있냐? 그럼 너 주면 난 어디로 가라
    고? 저 길바닥으로 나가라고?

재식   누가 지금 말이에요? 나중에… 그렇다는 거죠.

선호   옳지. 넌 이 애비가 죽기만 바라고 있구나.

재식   누가 그렇대요? 그럼 여기 잡히고 대출이나 해줘요.

선호   대출? 그러다가 또 빚져서 여기마저 날아가면? 여긴 꿈
    도 꾸지마라. 여긴 네 엄마의 마지막 소원이었어. 저기
    가서 네 엄마 수목장에 뭐라고 씌여 있는지 한번 봐라.
    그것 보고나 그런 말을 해, 이놈 자식아.

재식   에이 참, 그럼 나보고 어쩌라고!

선호   사업하려고 생각하지 말고, 어디 아무 데나 들어가.

재식   지금 이 나이에 어디서 받아줘요? 아파트 경비라도 할까
    요?

선호   경비가 어때서!

재식   아버지!

선호   난 네 나이 때, 안 해본 거 없어. 너도 남한테 의지하지
    말고 네 스스로 고생해서 일어나 봐. 내게 더 이상 손 벌
    리지 마라. 줄 것도 없고….

재식 아버지 젊을 때하고 지금하고 같아요? 지금은 돈 없으면
     아무 것도 못해요. 개천에서 용 나는 시대가 아니라구요.
     금수저, 흙수저 얘기도 못 들어봤어요?

선호 시끄럽다. 그래도 될 놈은 다 돼.

재식 아버지도 그런 말 할 입장이 아닌 것 같은데요.

선호 입장이 아니라니?

재식 사실 아버지가 스스로 해 놓은 게 뭐 있어요? 다 엄마가
     한 거잖아요. 아버지 사업한다, 정치한다고 다닐 때, 누가
     그 뒷바라지 다 했는데요? 심지어 엄마가 외가한테 아쉬
     운 소리하며 돈 빌려오면 아버진 다 갖다 써버리고, 시장
     상가, 이 집, 이 땅도 엄마 아니었으면 하나도 남아있지
     않았을 거예요. 아버지도 엄마가 밀어줘서 할 수 있었던
     거지, 그렇지 않았으면 아무 것도 못했다구요.

     윤정은 소희를 잡아 끌고 온다.

윤정 빨리 와.

소희 아, 이거 놓고… 아퍼.

윤정 빨리 안 버려!

선호 뭔데 그러냐?

소희 할아버지, 새….

선호 어디서 났어?

소희	잡은 게 아니고 나한테 날아 왔어요.
선호	날아 왔어?
소희	네. 같이 재밌게 놀고 있는데, 괜히 엄마가….
윤정	빨리 못 버려!
소희	왜? 더 놀고 싶은데….
선호	그래 소희야. 날짐승은 사람 손 타면 빨리 죽어.
소희	에이 참….
윤정	빨리!
소희	알았어. (사이) 새야 이제 그만 가. 또 놀러 와. 담에 또 맛있는 거 줄게. 어서 가. (사이) 안 가네….
윤정	(새를 쫓아낸다) 훠이! 훠이!
소희	엄마 미워!
윤정	빨리 가서 손이나 씻어!
선호	희한한 새구나.

미숙, 재식에게 다가간다.

미숙	(재식에게) 괜찮아? 이기지도 못할 거면서 대들긴 왜 대들어?
재식	에이 재수 없어. 가만 두니까 계속 저런다고….
미숙	아무튼 신고한 건 잘했다. 나도 한잔 줘 봐.
재식	누나도 술 먹어?

미숙   뭐 같은 세상, 술이라도 한잔 해야지, 어디 살겠냐? (술을 단숨에 마신다) 아빠, 생각 좀 생각해봤어요?

선호   뭘?

미숙   이 집, 이 산….

재식   무슨 소리여?

선호   아주 떼로 달라붙어 날 뜯어 먹어라. 차라리….

재식   누나, 아버지한테 뭐 달라고 했어? 아들도 가만히 있는데….

미숙   넌 가만히 있어. 아무 것도 모르면….

선호   에이, 자식들이란 게 하나같이…. (일어난다)

재식   어디 가요?

선호   ….

재식   어디 가냐니까요?

선호   변소 간다, 이놈아. 변소까지 따라 올래?

재식   아버진 꼭 불리하면 화장실 간다니까….

        사이.

미숙   넌 앞으로 뭐할래?

재식   나야 뭐… 아버지가 돈 좀 해주면 하던 거 또 해야지.

미숙   또 말아 먹게? 네가 지금까지 가져간 것만 합치면 빌딩을 하나 짓겠다.

재식　그 정도는 아니지….

미숙　너 저번에 주식해가지고 다 털리고, 그 빚 갚으라고 네 처가에서 해 준 돈도 또 주식해서 다 날려 먹었다며? 이 제 그만 좀 하고 속 좀 차려라, 제발….

재식　걱정 마요. 내 일은 내가 알아서 하니까….

미숙　참, 걱정 된다… 너 그러다 이혼당하니까 정신 차려. 요 즘 여자들, 남자 돈 떨어지면 뒤도 안 돌아보고 바이 바 이야.

현숙, 다가온다.

현숙　넌 왔으면 빨리 와서 거들어야지 뭘 노닥거리고 있어?

미숙　지금 음식이 문제야?

현숙　엄마 제삿날인데 그게 제일 중요하지, 뭐가 중요해?

미숙　언닌 어떻게 생각해?

현숙　뭘?

미숙　시장 가게… 큰오빠 앞으로 돼있는 거 알고 있어?

현숙　응. 그게 뭐?

미숙　아니 내 말은 지금이야 아빠 살아계시니까 문제없지만 아빠 죽고 나면 어떻게 해?

현숙　그땐 오빠가 알아서 하겠지.

미숙　언닌 그걸 말이라고 해? 큰오빠가 제정신이야? 반미치광

이가 재산을 어떻게 지켜?

재식 그 말은 맞네.

현숙 그래서?

미숙 아빠 돌아가시기 전에 무슨 수를 내야지.

현숙 이미 오빠 앞으로 되어있는 가게를 무슨 수로….

미숙 정신병원에 들어가면 재산관리 불능자가 되지 않을까?
그러면 우리가 재산 대리인으로 되고….

현숙 그게 가능해?

동철, 산 밑에서 올라온다.

미숙 왜 이렇게 빨리 와요?

동철 응, 이장님이 자기가 알아서 한다고 걱정 말고 얼른 가라
고 해서….

미숙 그나저나 아까 말한 거 알아봤어요?

동철 뭐?

미숙 아, 병원!

동철 전화 안 받더라고… 바쁜가봐.

미숙 전화한 것 정말 맞아요?

동철 했다니까! 사람을 뭘로 보고….

미숙 당신을 믿을 수가 있어야지… 계속 해봐요!

동철 알았어. 소리 좀 지르지 마. (전화 오는 소리) 누구지? 여보

세요! (급히 당황한다) 네? 누구? (사이) 아, 전화 잘못 걸었네요.

미숙　또 어떤 년이야!

동철　잘못 걸려온 거….

미숙　빨리 전화해봐!

동철　알았으니까 좀 조용히 해. (전화를 건다) 안 봤네….

미숙　어휴, 제대로 하는 게 하나도 없어.

미숙, 부엌 쪽으로 간다.

미숙　뭐 했어? 아, 맛있겠다.

현숙　손 치워! 제사 음식에 손대면 안 돼….

미숙　에이 하나만…. (부침개를 하나 집어 든다)

현숙　안된다니까! (바구니를 들어서 옮기려다 부침개를 모두 바닥에 떨어뜨린다) 아, 이걸 어째!

미숙　어머!

현숙　넌 대체 도움이 안 돼. (바구니로 미숙의 등을 내리친다)

미숙　아! 왜 때려! 그깟 전 하나 갖고….

현숙　그깟 전? 너 이리 와. 일은 하나도 안하고, 엄마에게 드릴 음식을 다 엎어버리고, 그깟 전이라고!

미숙　아이 진짜! 내가 부치면 되잖아. 왜 난리야!

현숙　저게 그래도 잘했다고….

선호, 다가온다.

선호 뭣들 하는 거냐?

현숙 어휴, 저것이 그냥….

선호 너희는 어떻게 된 놈들이기에 만났다하면 서로 쌈박질이
      냐! 그럴 거면 제사고 뭐고, 다들 오지마라.

현숙 그게 아니고 전을 다 엎어버렸잖아요.

선호 너도 그만해. 장녀면 장녀답게 좀 듬직해야지….

미숙 언니, 미안….

현숙 저게, 그냥….

미숙, 바닥에 떨어진 부침개를 치운다.

선호 쯧쯧… (사이) 재식이 넌 그러고 있지 말고 단정한 옷으로
      갈아입어라. 그게 뭐냐? 깡패 새끼도 아니고….

재식 이게 뭐 어때서요? 다들 간지 난다고 하는데….

선호 사내새끼가 귀걸이를 하질 않나… 바지 꼬라지 하곤….

윤정 소희 아빠, 얼른 가서 갈아입어요.

재식 왜 또 갑자기 화살이 내게 오는 거야? 아, 다리 아퍼. 좀
      누워 있어야겠다. (방으로 들어간다)

선호 미숙이 너도 들어가서 방 좀 닦고 상도 펴고 ….

미숙 네. 그럼 이 집 저한테 주시는 거죠?

선호	또!
미숙	들어가요.

미숙, 안으로 들어간다. 선호, 평상에 앉는다. 주변에 다시 안개가 차더니 하얀 한복차림의 죽은 아내가 나타나 선호 옆에 앉는다.

춘희	힘들어요?
선호	언제 힘들지 않은 적 있었나….
춘희	미안해요. 나 먼저 떠나서….
선호	나도 멀지 않았지.
춘희	(철쭉꽃을 머리에 꽂는다) 이거 기억나요? 당신과 내가 만나서 처음 산에 놀러갔을 때, 당신이 내 머리에 꽂아 줬죠. 하늘은 푸르고 지천에 철쭉이 붉게 물들고 바람은 상큼하고… 눈에 보이는 모든 게 아름답고 가슴 벅찬 시절이었어요.
선호	난 당신의 고운 목소리에 끌렸지. 당신을 처음 보자마자 '아, 이 사람이구나' 하는 느낌이 왔고 한없이 내 곁에 두고 싶었지.
춘희	다시 돌아가고 싶어요?
선호	할 수만 있다면야….
춘희	세월은 눈 깜박할 새에 지나가고 모든 게 스쳐 지나가는

꿈만 같아요.

선호 당신 아니었으면 이 집안이 어떻게 됐을까… 고생만 하
다가 좀 살만하니까 그리 가버리고… 내가 참 볼 낯이 없
고 미안하기 그지없네.

춘희 무슨 말씀이에요. 내가 끝까지 지켜드려야 하는데 먼저
떠나서 미안해요.

선호 당치 않아. 내가 먼저 가고 당신이 남아 있어야 애들한테
나 집안이 편할 텐데….

춘희 그럼 다시 내려올까요?

선호 그럴 수만 있다면… 많이 외롭고 마음 의지할 데가 없네.
가지 많은 나무, 바람 잔 날 없다더니, 다들 뭉겨 붙어서
앵앵거릴 뿐….

춘희 놓아 버리세요. 물 흐르는 대로 흘러가게….

선호 그러면 좀 편해질까…?

안개가 걷힌다. 춘희의 모습도 사라진다.
김형사와 경찰 1.2, 급히 올라온다.

김형사 여기 장명수 씨 안 왔어요?

선호 무슨 소리요? 아니, 같이 서에 갔잖소.

김형사 말도 마시요. 서에서 난동을 피우더니 도망쳤어요.

선호 아니, 그게 정말이요?

김형사　이거 업무방해에 경찰 폭행에다 도주죄에 죄질이 커요.

선호　이게 뭔 일이냐….

미숙　기어코, 일을 내네….

김형사, 집 주위와 방안을 살핀다.

김형사　여긴 안 온 것 같은데… 여기 오면 꼭 연락 주시오. 그렇지 않으면 죄가 더 커져요. 가족이라고 숨겼다가는 더 큰일 납니다. 빨리 자수하라고 하세요. (전화를 건다) 김 형산데요, 여긴 없는 것 같습니다. (사이) 네. (사이) 알겠습니다.

김형사, 산 위쪽으로 올라간다.

선호　아, 염병할 자식….

미숙　내 그럴 줄 알았어. 꼭 뭔 일이 날 것 같더니만….

선호　전화 한번 해봐라.

미숙　네. (사이) 안 받아요.

선호　이놈 새끼가 대체 어디로 간 거야?

미숙　집으로 가지 않았을까요?

선호　그럼 다행이고….

미숙　당신 뭐 짚이는 거 없어?

동철　뭐가?

미숙   파출소에서 별일 없었냐구요?

동철   아니, 파출소에서 얌전히 고분고분했는데… 왜 그랬지?

재식, 방에서 나온다.

재식   왜 그래? 뭔 일 있어?

미숙   야, 네 형이 파출소에서 행패부리고 도망쳤단다.

재식   뭐? 그 인간이 끝내….

현숙, 다가온다.

현숙   아빠. 상 차릴까요? 다 됐는데….

미숙   지금 그게 문제가 아니야.

현숙   왜?

미숙   큰오빠, 파출소에서 난리치고 도망쳤다잖아.

현숙   그럼 어떡해?

사이.

선호   일단 상 차리자.

현숙   네.

선호   아니다. 그냥 밖에다 하자.

현숙　네? 어떻게요?

선호　응. 돗자리 깔고 밖에다 차리자. 그걸 네 엄마도 좋아할 것 같다.

현숙　알았어요.

선호　재식이 넌 방에 가서 돗자리 좀 가져와라.

재식, 방에서 돗자리 가져와 앞마당에 깔고 여자들은 상을 차린다.

선호　내가 평생 당신한테 밥상 받아서 먹었는데, 오늘은 내가 한상 차렸소. 부족하더라도 많이 들어요. (술을 올리고 절을 한다) 너희도 절해라.

소희　할아버지, 저도 해요?

선호　그럼, 해야지.

소희　할머니 보고 싶어요. 하늘나라에서 오래 오래 사세요.

명수, 어디선가 갑자기 나타난다.

명수　아니, 장남이 오지도 않았는데 제사를 시작해?

미숙　오빠!

선호　네 이놈 새끼!

명수　다들 내가 오는 게 반갑지 않은가봐….

선호　대체 어찌 된 거냐?

명수　아니 내가 누군 줄 알고 잡아 가두려고 해? 혼 좀 내주고
　　　나왔지.

재식　형은 정말 못 말리는 인간이야.

명수　너 개새끼. 너 이리와, 날 고소해?

재식　에이 씨, 또….

명수는 제사상에 올린 과일을 집어 재식에게 던진다.

재식　뭐야? 미쳤어!

현숙　오빠! 제사 음식을… 이를 어째….

선호　이놈의 자식아, 네 엄마 살아있을 때도 그렇게 속을 썩이
　　　더니, 죽어서도 밥 한 끼 차려놓은 것도 가만두지 못하
　　　고… 네 엄마가 보면 피눈물을 흘리겠다.

명수　엄마가 나한테 해준 거 뭔데! 나한테 뭘 해줬는데! 장씨
　　　집안에 시집을 왔으면 고분고분하게 머리 숙이고 장남을
　　　잘 떠받들어야지… 어디서 감히 상을 받겠다고… 저 위
　　　에선 괘씸하다, 괘씸하다… 하고 있어. 그리고 한 번 죽
　　　으면 끝인데 이 딴 제사가 무슨 소용이 있어!

선호　저놈 새끼가 자식이라고… 아이고, 저런 미친놈의 새
　　　끼….

명수　에이 씨, 함부로 말하지 마, 함부로 말하지 말라니까! (제

사상을 엎어 버린다)

현숙 아!

선호 이 망할 놈의 새끼가! (부엌에 들어가서 칼을 들고 나온다) 오늘 너 죽고 나 죽자. 너 같은 거 살아서 뭐해… 차라리 내 손에 죽는 게 낫지.

미숙 아빠!

명수 어허 무엄하다. 천왕님의 아들한테 어디서 감히!

선호 이 미친놈의 새끼가….

김 형사, 산에서 내려오다 이 광경을 보고 다가온다.

김형사 장명수!

일순간, 모두 정지.

김형사 잡아!

경찰 1. 2, 명수에게 다가간다.

명수 (대청마루 밑에서 낫을 꺼내들고 맞선다) 오지 마! (낫으로 땅바닥에 원을 그린다) 여기 안으로 한 발자국만 들어오면 너 죽고 나 죽기야!

미숙　오빠!

김형사　장명수 씨. 당신 이러면 더 힘들어져. 그거 내려놓고 좋게 가요.

명수　(낫을 휘두른다) 오지 말라니까!

선호　야, 이놈 새끼야! 그거 안 내려놔! 네 엄마가 하늘에서 통곡을 하겠다.

현숙　그래, 오빠. 가서 잘못했다고 하면 괜찮을 거야.

명수　시끄러! 다들 꺼져! 안 꺼져!

김형사　장명수 씨, 그거 내려놓고 같이 갑시다. 당신 이러면 곤란해.

명수　오기만 해봐. 그냥!

경찰1　에잇!

몇 번의 실랑이 끝에 경찰1은 명수가 휘두른 낫에 상처를 입는다. 그리고 명수는 산 위로 달아난다. 김 형사와 경찰2, 명수를 쫓아간다.

현숙　아빠, 어떡해요?

선호　놔둬라. 저놈 새끼 잡혀가서 뒤지든 말든….

미숙　아이고 이게 뭔 일이여… 아빠. 다신 제사 같은 거 지내지 말아요. 저 인간 있는 한 맘 편한 날이 없을 것 같아요. 그나저나 이거 어떻게 해… 다시 차려야 돼?

현숙   다시 차리자. 일년에 한번 뿐인데, 앞으로 어떻게 될지도
          모르고….

미숙   이걸 다…?

현숙   어쩌겠냐… 불쌍하게 죽은 우리 엄마. 밥 한 끼라도 잘
          차려드려야지.

          사이.

동철   저 정도인 줄은 몰랐네. 쯧쯧… (전화가 걸려온다) 응, 바쁜
          가? (사이) 내가 몇 번 전화했지… (사이) 응. 잘 있어. (사이)
          다름이 아니고 처가에, 잠깐만…. (마당 한쪽 구석으로 가서
          통화를 계속한다)

윤정   소희 아빠. 괜찮아?

재식   난 괜찮아. 자기한테 못 볼 꼴 보였구만….

윤정   괜찮아요, 나도 가족인데….

          사이.

미숙   난 지금도 궁금한 게 엄마가 돌아가시던 날….

재식   뭐?

미숙   집에 큰 오빠랑 엄마가 단 둘이 있었다고 했잖아. 그런데
          아침에 깨어나 보니 엄마가 죽어 있다… 아무래도 꺼림

칙해.

선호   넌 무슨 말 하려는 거냐?

미숙   오빠가 혹시….

선호   혹시 뭐?

미숙   엄마가 원래 아프긴 했지만 사망 원인도 확실치 않고….

현숙   그만 해. 너희들 중에 엄마 마지막 본 사람 있어? 아무도 없잖아. 엄마는 아무도 없는 데서 혼자 외롭게 돌아가셨어. 근데 어떻게 죽은 지 누가 알아? 엄마는 항상 외로웠어. 아빠 집에 안 계실 때 혼자 우릴 어렵게 키우셨고, 좀 살만하니까 병을 얻어 병원에서 오랫동안 혼자 계셨어. 내가 그땐 간병을 하긴 했지만 퇴원하고도 누가 있었어? 아무도 없었잖아. 다들 바쁘다고 자기 살겠다고 엄마에게 관심이나 있었냐고….

선호   그만해라. 지난 일 말해서 뭐 하냐….

현숙   아빠도 미워요. 그때 뭐했어요? 아빠라도 엄마 지켰어야지 혼자 돌아가시게 하고, 뭐했냐구요?

막내 딸 유미, 나타난다.

유미   엄마 내가 죽였어.

미숙   유미야!

유미   엄만 나 땜에 화병으로 죽은 거야. 그러니까 그만 해.

선호 　유미야, 어쩐 일이냐? 제삿날 맞춰서 일부러 온 거야?

유미 　저 실은 여기 와 있어요.

선호 　여기 있다니?

유미 　한국에 들어온 지 1년 됐어요.

일동, 놀란 나머지 말없이 쳐다본다.

선호 　뭐? 1년 됐다니 그게 무슨 말이냐?

유미 　그만 두고 여기에 와 있었다구요.

선호 　뭐? 그럼 미국에 있단 얘긴 다 거짓이고, 공부 그만 두고
　　　한국에 와 있었단 얘기냐?

유미 　저 너무 외로웠어요. 거기 적응도 안 되고 전공도 맞지
　　　않고… 그래서 그만두고 와 버렸어요.

미숙 　그럼 미리 아빠한테 상의를 했어야지. 갑자기 사람 놀래
　　　키는 덴 뭐가 있다니까….

유미 　죄송해요, 아빠.

선호 　너까지 왜 그러냐? 자식들 중 어느 하나라도 속 안 썩이
　　　는 놈이 없구나. 그럼 도대체 앞으로 뭐하려고?

유미 　그림 그릴 거예요. 경영학은 아니에요

선호 　그림?

현숙 　맞아. 쟤 어렸을 때도 그림 잘 그렸잖아. 상도 많이 타
　　　고….

유미　늦었지만 이제라도 제가 하고 싶은 것 할 거예요. 어릴 적부터 간직한 꿈을 이루고 싶어요. 그렇다고 아빠한테 뭐 해 달라는 건 아니에요. 제 힘으로 할 거예요.

현숙　힘든 일 있으면 가족에게 털어 놓고 얘길 해야지 혼자 고민한다고 되는 게 아니야. 밥은 먹었어?

유미　배고파요. 저녁 안 먹어요? 얼른 제사 지내야죠?

판수, 급히 올라온다.

판수　아이구 이게 대체 뭔 일이요? 내가 잠깐 자릴 비운 사이에 그냥….

선호　어서 오세요.

판수　아, 내가 볼 면목이 없게 돼부렀네. 조용히 있다가 잘못했다고 빌면 금방 풀려날 것인디 그새를 못 참고 난리를 쳐서… 그나저나 경찰을 폭행까지 해부렀으니 큰일났네. 이거 빼도 박도 못하게 생겼으니… 여긴 안 왔어라우?

선호　오긴 왔는데, 경찰을 피해 저 위로 내빼버렸네요.

판수　예? 그라문 안 될 것인디, 빨리 자수를 해야 조금이라도 죄가 감해질 텐디….

미숙　오다가 내려가는 경찰 아저씨 못 봤어요?

판수　아니 못 봤어라우.

미숙　여기서 오빠가 휘두른 낫에 경찰 아저씨 한 명 다쳤거든요.

판수   예? 낫으로? 아이고 정말 큰일나버렸네. 이를 어쩐다

　　　　냐….

선호   죄를 졌으면 죗값을 받아야지.

판수   그래도 그것이 아니지라우. 미우나 고우나 자식인디… 가

　　　　만있자 어떻게 한다야… 그러지 말고 나랑 같이 내려갑시

　　　　다. 아, 바짓가랑이라도 붙들고 사정해봐야 안 쓰겄소?

선호   됐어요. 자식 하나 없는 셈 쳐야지요.

판수   그나저나 다 못쓰게 돼서, 제사를 어찌 지낸다냐… (바닥

　　　　에 떨어진 지방을 줍는다) 지방도 다시 써야겠고….

선호   다들 뭣들 하냐? 어서 치우지 않고….

현숙   치우자.

선호   네 엄마한테 볼 낯이 없구나.

미숙   에이, 웬수 같은 인간….

동철, 미숙에게 다가온다.

동철   거시기… 반드시 환자 본인 동의가 있어야 한다는데….

미숙   정말이에요?

동철   그렇다네….

미숙   좀 더 알아봐요, 다른 방법이 없는지….

동철   그려, 알았어.

사이.

판수   (잎담배를 꺼내 피며 멀리 하늘을 본다) 못 보던 샌데… 뭐지?

사이.

현숙   아빠, 다 정리됐네요.
선호   그래. 얼른 끝내자.

모두 제사상 앞으로 모인다.

유미   엄마, 저 왔어요.

암전.

2.

선호는 마루에 앉아 산에서 피어오르는 안개를 보고 있다.
잠시 후 현숙, 방에서 나온다.

현숙 잘 주무셨어요?

선호 응. 꿈이 뒤숭숭하고 너희들 하는 꼬라지를 보니 머리가
복잡하다.

현숙 담배도 그만 끊으세요.

선호 끊었다. 근데 끊어야 할 게 담배뿐만이 아니구나.

현숙 아침 드실래요?

선호 괜찮다. 천천히 먹자. 애들은?

현숙 미숙이와 재식이는 갔고 막내는 있어요. 아침이라도 먹
고 가지, 뭐가 그리 바쁜지….

선호 안 보는 게 차라리 편하다. 있어봤자 속만 긁고….

현숙 오빠 괜찮을까요? 안 가봐도 될까요?

선호 이장님이 갔으니 좀 기다려보자.

현숙 저 좀 씻을게요.

현숙, 안으로 들어간다.

판수, 정인과 함께 나타난다.

판수   아, 숨차….

선호   어찌 됐소?

판수   일단 얘기를 해뒀으니 잘 될 것이구만이라우. 근데 가족들
       동의가 있어야 한다는디, 한번은 가 봐야 될 것 같아요.

선호   죽일 수도 없고 살릴 수도 없고….

판수   자식이란 게 다 그런 것인디 어쩌겠소. 그러려니 하고 살
       아야지. (사이) 그라고 나가 소개시킬 사람이 있는디… 원
       장님, 이쪽으로 오셔요.

선호   누구? (사이) 아니 당신이….

정인   처음 뵙겠어요.

선호   아….

판수   아시는 분이었어라우?

       사이.

선호   (정신을 가다듬고) 아니요. 제가 잠시… 죄송해요.

판수   이 분은 읍내에서 미용실하시는 원장님인디요, 그렇다고
       미용실 한다고 무시하지 마시요. 나가 보기엔 정말 조신
       하고 참하시고, 미용 실력도 이만저만이 아니요. 이런 시

골에 있기엔 너무 아까운 분이지라우.

선호 근데 무슨 일로…?

판수 아이고 참말로 촉이 느리시네. 머리가 길어서 좀 자르시라고 내가 특별히 부탁해서 모시고 왔구만이라우.

정인 최정인이에요. 머리가 좀 길었네요.

판수 뭐해요? 자, 이 의자에 얼른 앉으시고, 돈은 안 받을 테니… 어서요.

선호 이거 참, 괜찮은데….

판수 후딱 앉아요.

선호 그럼, 조금만….

정인은 흰 보자기를 선호에게 두르고 이발을 하기 시작한다.

판수 오늘따라 저 나무가 참 좋아 보이네. 저게 천년을 살았다니 믿기길 않아요. 그런데도 저렇게 푸르고 싱싱하니, 젊디젊은 청년 같다니까… 기껏해야 우리는 백년도 채 못 사는데… 보면 부럽다니께요.

선호 왜, 가는 세월이 아쉬운가요?

판수 그럼요. (흥얼거린다) 청춘을 돌려다오. 젊음을 다오. 흐르는 내 인생의 애원이란다… 인생 뭐 있소. 그냥 즐겁게 살다 가야지.

선호 다시 젊어진다면 뭘 하고 싶소?

판수   나요? 난 그 좋아하는 색시가 있으면 절대 놓치지 않을
          것이구만이라우.

선호   무슨 사연이라도 있소?

판수   아니라우. 이제 와서 후회한 들 무슨 소용이 있겠소. 아
          무튼 장 선상님도 좋은 세월 그냥 보내지 말고 즐겁게 사
          시오. (사이) 근디 자식들은 다 갔어라우?

선호   네. 다 가고 큰딸과 막내만 남았네요.

판수   결국 딸들이 효도하구만요.

선호   효도는 무슨… 딱히 갈 데가 없어서….

판수   그려도 떠난 사람은 다 필요 없지라우. 옆에 남아 있는
          사람이 제일이지. 저 밑에 있는 식당 '추선정' 있지라우?

선호   네. 그런데요?

판수   거기도 맨날 찌그락 짜그락 둘이 싸우더만 남자가 나가
          버렸어요. 그러더만 여자도 가게 정리하고 여길 뜬다고
          하더라구요. 참, 거기 나가면 가게 할 생각 없소? 아주 딱
          인데… 파전해서 팔고 막걸리도 팔고 둘이 같이 하면 되
          겠네.

선호   누가요? 내가…?

판수   그럼요. 원장님이랑 같이… 여기도 조금만 더 개발되면
          관광객도 많이 올 테고 그러면 벌이도 솔찬할 테고….

선호   내가 지금 돈 많이 벌어서 뭐 하겠소? 그냥 조용히 살고
          싶은 마음뿐이요. 그리고 사람들 많이 몰려오면 난 여길

떠야지요. 사람들 싫어서 여기로 들어 왔는데 그 꼴은 못 보죠. 난 사람들 많이 상대하는 거 딱 질색이요. 자식들도 귀찮아 죽겠는데….

판수 아따 좋은 사람들만 보고 같이 살면 되지라우. 그나저나 변소가 어디 있다냐?

선호 저기 돌아가면 있어요.

판수 잠깐만 다녀 올게라우.

사이.

정인 사람들이 싫은가 봐요?

선호 싫다기보다는 혼자 조용히 자연을 벗 삼아 ….

정인 저도 마찬가지예요.

선호 고향이 어디요?

정인 울진.

선호 울진이라면 저 강원도 동해 쪽에 있는….

정인 네. 맞아요.

선호 그 먼데서 여기까지 왜….

정인 그렇게 됐어요. 멀리 떠나고 싶었어요. 아는 사람이 없는 곳으로….

선호 혼자 계신다 했소?

정인 네.

선호   사별했소?

정인   아니요. 10년 전에 갈라섰어요.

선호   그럼 꽤 오랫동안 혼자서… 자식은요?

정인   없어요. 안 생겼어요.

선호   왜 헤어졌는지 물어보면 실례가 될까요?

정인   남편은 선교사였는데 한동안 미국에서 살았어요. 하지만 내게 신앙은 거짓이었고 결혼은 무덤 같았어요. 헤어지 길 잘했죠. 지금은 오히려 마음이 편해요.

선호   그랬군요. 죄송해요. 내가 괜한 걸 물어봤나 봐요.

정인   아니에요. 선생님도 혼자시라던데….

선호   네. 작년에 아내가 병으로 그만….

정인   힘드셨겠어요. 마지막까지 돌보시느라….

선호   모든 게 끝이란 게 있는 모양이죠.

정인   만남이 있으면 헤어짐이 있다… 그런 말인가요?

        사이.

선호   외롭지 않소?

정인   전엔 그렇지 않았는데, 저도 나이 먹었나… 요즘은 가끔 허전한 느낌이 드네요.

선호   좋은 사람 빨리 만나셔야죠.

정인   나 같은 걸 누가 좋아할려구요.

선호 무슨 말씀을… 지금도 남자들이 졸졸 따를 것 같은데요.

정인 호호…. 선생님은 저 어때요?

선호 네? 그….

정인 말하기 뭐하시면 안하셔도 돼요. 선생님 같은 분은 저한테 과분하죠. 저야 배움도 짧고 모아 놓은 것도 변변찮고, 직업도 그렇고….

선호 지금 우리 나이에 그런 게 무슨 소용이 있겠어요. 그저 서로 맘이 맞고 편하면 되는 거지.

정인 그런가요? 제가 편해 보이세요?

선호 크게 불편하진 않은 것 같소.

정인 말이라도 감사해요.

선호 제가 고등학교 다닐 때였어요. 하루는 동네 이발소에 가서 머리를 자르는데, 면도해 주는 여자가 어디서 많이 본 듯한 여자였어요. 그러다 생각났는데 그 여잔 초등학교 동창이었어요. 얼마나 불편했는지 몰라요. 등에서 식은 땀이 다 나더라구요.

정인 왜죠?

선호 그때만 해도 집안 형편이 어려워 대학교에 진학하지 못하고 바로 취업한 애들이 있었거든요. 그 애도 그랬을 거예요. 날 보고 창피해하는 것 같아서 내가 도리어 미안하고 어색해서 혼났죠. 그래서 그 뒤로 그 이발소엔 다신 안 갔구요.

정인	그러지 않아도 됐을 텐데… 선생님이 좀 예민한 성격이 셨나 봐요.
선호	그게 아니고 내 딴으로 배려를 한 거죠. 불편해 할까 봐….
정인	혹시 그 여자가 선생님을 속으로 좋아하지 않았을까요?
선호	그랬을지도 모르겠네요.
정인	정말요?
선호	내가 그래 봬도 초등학교 땐 학교에서 좀 날렸거든요. 공부 잘하지, 운동 잘하지, 그림도 잘 그리지….
정인	아, 그러셨구나. 제가 그때 선생님을 뵀어야 하는데….
선호	하하… 제가 주책을 좀 떨었지요? 자기 자랑만 늘어놓고….
정인	아니에요. 그럴 만 하세요. 근데 왜 절 처음 보고 놀라셨어요?
선호	아, 아니에요. 누구와 좀 닮은 거 같아서….
정인	누구…?
선호	그….
정인	옛날 여자친구?
선호	그건 아니고… 좀 아는 사람이요.
정인	네. 세상엔 닮은 사람이 많으니까요. 커트는 다 됐어요. 면도도 해드릴까요?
선호	아, 아니에요. 됐습니다. 면도는….

정인 어머, 땀까지 흘리시고… 긴장하셨나봐.

선호 참, 이발비 드려야죠?

정인 아니에요. 그냥 해드리려고 왔어요. 머리 감아드릴까요?

선호 아니요. 내가 얼른 감고 나올게요.

선호, 안으로 들어간다.

정인, 의자에 앉아 산 아래를 내려다본다.

유미, 다가온다.

유미 엄마…?

정인 (뒤돌아본다)

사이.

유미 아, 죄송해요. 근데 누구…?

정인 ….

판수, 볼 일을 마치고 다가온다.

판수 에이, 다 지려버렸네. 변소가 코딱지만 해가지고… 그냥 아무 데나 갈겨 버릴 걸… (사이) 여긴 누구당가? 첨 본 얼굴인디….

유미	막내예요.
판수	응. 그려? 이쁘게 생겼네. 인사드려. 새엄마셔.
유미	네?

선호, 목에 수건을 두르고 나온다.

선호	읍내에서 미장원 하시는 분이셔. 이장님이 모시고 오셨어.
유미	아, 그래요? 아빠… 머리하셨네?
선호	응. 이분이 잘라주셨다.
유미	안녕하세요?
정인	따님이 참 곱게 생겼어요.
선호	막내딸이요.

사이.

판수	그나저나 아이구야… 거 이제 새신랑 같네. 하하….
선호	됐어요. 놀리는 거요?
판수	놀리다니요? 머리 좀 잘랐다고 사람이 이렇게 변하다니… 안 그래요? 원장님.
정인	호호… 그러게요.
유미	아빠 전 들어갈게요.
판수	잠깐, 잠시 시톱! 나가 오면서 싸가지고 온 것이 있는디,

아직 아침들 안자셨으면 이것 좀 드셔봐요. 이건 석이 버섯전이라고 하는디, 이 동네에서만 파는 것이라….

선호   석이버섯?

판수   처음 들어봤을 법도 한디 한번 드셔봐요. 얼른….

사이.

선호   쫄깃쫄깃하고 맛있네요. 유미도 먹어봐라.

유미   네.

판수   이 버섯은 높은 바위틈에서 바위 표면의 습기를 먹고 자라는디, 당뇨나 암에 좋고 거 뭐시냐… 몸에 열이 많은 사람한테 딱 좋아. 여자들 변비에도 좋고….

유미   그래요? 더 먹어야지….

판수   자, 막걸리도 가져 왔는디… 이거 먹고 한잔 쭉 들이키면 그만이제.

유미   저도 한잔 주세요.

판수   엥? 막걸리 먹을 줄 알아? 요즘 젊은 사람들은 막걸리 안 좋아하던데….

유미   아니에요. 제 친구들도 막걸리 좋아하는 애들 많아요. 달 달하고 좋잖아요.

판수   그려도 막걸리에 취하면 골 때리지.

유미   네에?

판수　머리가 허벌나게 아프다는 뜻이여. 원장님도 한잔?

정인　아녜요. 전 술 못해요.

판수　그려도 딱 한잔만 하시지라우. 소화되게 조금만….

정인　그럼 조금만….

판수　쭉 들이켜 봐요.

사이.

정인　맛있네요.

판수　그라지라우? 아따 우리 원장님도 끼가 있다니께… 한잔
　　　더?

정인　아니에요. 이걸로 충분해요.

선호　이거 아침부터 술 마셔도 되려나….

판수　뭐 어때요? 여기선 누가 흉볼 사람도 없어라우. 그나저나
　　　장 선상님. 원장님 어때요?

선호　네?

판수　아따 맘에 드냐, 안 드냐 이것이제.

선호　흠….

정인　이장님도 참….

판수　그러니께 아까 말한 그 가게 인수해서 안팎으로 잘 맞춰서
　　　하면 좋겠구만. 외로운 사람끼리 서로 의지하고 살면 좋지
　　　라우. 안 그려요? 원장님도 혼자 미용실하기 힘들 텐디….

정인　저야 뭐….

판수　돈을 떠나서 아침부터 저녁까지 종일 서서 일하는 거 쉬운 일 아니어라우.

정인　이젠 괜찮아요. 습관이 돼서….

판수　그래도 그건 아니제. 하루 종일 서서 일하는 거 보통일 아니여. 나 같아도 못혀. 기왕 말이 나왔으니까… 막내야 워쩌? 이 원장님, 니도 맘에 들지? 아부지도 늙어서 혼자 사는 것 보기 안 좋아.

유미　저야, 아빠만 좋다면 상관없어요. 아빠가 행복해지면 좋죠.

판수　역시 딸들은 다 효녀야, 효녀.

유미　말씀 나누세요. 전 들어갈게요.

유미, 안으로 들어가고
현숙, 다가온다.

현숙　아빠, 식사하셔야죠?

선호　밥은 됐고… 우선 차 좀 내줄래? 손님이 있어서….

현숙　(정인을 보고) 누구…?

판수　아, 종종 보게 될 거니까 서로 인사하드라구.

선호　동네에서 미용실하시는 분인데… 어쩌냐? 내 머리, 괜찮냐?

현숙　네. 깔끔히 보이고 좋네요.

선호　여긴 내 큰딸이요.

정인　네. 잘 부탁드려요.

현숙　아, 네.

정인　집 좀 둘러봐도 될까요?

선호　집이요? 누추하고 뭐 특별히 볼 것도 없는데….

정인　시골집이 다 그렇죠.

선호　현숙아. (눈짓을 한다)

현숙　이쪽으로 오세요.

정인, 현숙을 따라 안으로 들어간다.

판수　오늘따라 새들이 유난히 요란스럽네. 무슨 일이 날 것 같
　　　　으면 꼭 저러더라니까….

선호　네?

판수　3년 전 일이죠. 저 나무 아래에 누가 떨어져 죽은 날도 그
　　　　랬지라우.

선호　그래요?

판수　내 일가친척 중에 도청 계장하던 조카가 있었는디, 만년
　　　　계장만 하다가 과장으로 한 번 진급해보려다가 그만…
　　　　납품업자로부터 돈을 좀 받아서 여기저기 청탁하다가 딱
　　　　걸렸지라우. 그런 일이야 옛날부터 흔한 일인디 말이여.
　　　　얼마 되지도 않아. 백만 원 받았어요. 그 업자놈이 나쁜

놈이지. 자기 일이 잘 안 풀리니까 여기저기 돈 줬다고 떠벌리고 다닌 통에 조사받고 서에 불려 다니다가 그 압박감을 못 이기고 스스로 목숨을 끊었지라우.

선호 쯧쯧, 그런 일이….

판수 요즘 세상에 몇 억씩 해쳐먹고도 잘 사는 놈들이 득실득실한데 겨우 백만 원 땜에… 너무나 강직해서 탈이여. 공무원 박봉에 힘들게 살다가 딱 한번 욕심 부리다가 그렇게 됐으니… 너무 아까운 사람이야. 근데 내가 시신을 발견했어라우. 저 천년송 바로 아래에서… 시간이 지나면 다들 잊혀진다고 하는데 난 잊혀지질 않구만이라우.

산 위에서 '쿵'하는 소리가 들린다.

판수 무슨 소리지? 뭐가 떨어지는 소리 같고… 뭔 일 난 거 아니여…?

판수, 산으로 급히 올라간다. 까마귀들이 시끄럽게 떠드는 소리가 들린다.
잠시 후, 도훈 나타난다.

선호 왜 또 왔나?

도훈 제가 또 온다고 했잖습니까. 식사는 하셨습니까?

선호　아직이네.

도훈　먹지 않아도 배부를 만한 좋은 소식을 가지고 왔습니다.

선호　뭐길래 그리 호들갑을 떠나?

도훈　드디어 위원장님께서 공천해주신다고 약속했습니다. 이제는 다 된 거나 마찬가집니다. 제가 선생님 모신 지 벌써 십 년째입니다. 십 년만에 결실을 보는 것 같습니다.

선호　수고했네.

도훈　그럼 나오시는 거죠?

선호　글쎄… 비용은 얼마나 들 것 같은가?

도훈　4년 전보단 물가도 상승했고 해서 이번엔 조금 더 들 것 같습니다. 하지만 확실한 건데 얼마가 들든 무슨 대수입니까? 되기만 한다면….

선호　흠….

이때 선호는 마당에 나와 있던 현숙과 눈이 마주친다.

현숙은 머리를 설레설레 젓는다.

도훈　혹시 노파심에서 드리는 말씀인데, 가족이나 친척 중에 무슨 문제 있는 사람은 없으시죠?

선호　무슨 뜻인가?

도훈　혹시나 해서요. 무슨 범죄에 연관돼있다든가 도덕적으로 문제 있으면 선거에 지장이 될 수 있습니다. 아드님은 괜찮으신가요?

선호 우리 아들? 왜?

도훈 정신이 좀 이상해서 사람들과 다툼이 많다는 소문이 있어서요.

선호 그렇지 않아도 정신병원 알아보고 있는 중이네.

도훈 정신병원이요? 그건 좀 복잡한데요.

선호 왜?

도훈 그러다가 아들을 정신병원에 집어넣은 비정한 아버지라고 공격받을 수 있습니다.

선호 실은 큰놈이 경찰에게 폭행을 하고 지금 도망 중이네. 어찌하면 좋겠나?

도훈 정말인가요? 아, 이거… 그럼 빨리 자수시켜야죠. 큰일납니다. 아니다, 그래도 문제지. 어떻게든 무혐의로 나와야 되는데… 경찰이 많이 다쳤나요?

선호 그놈이 휘두른 낫에 팔을 좀 다친 것 같네.

도훈 그럼 빨리 합의하고 아무 일 없었던 것처럼 해야 하는데… 윗선에서 마무리는 위원장님께 부탁해서 알아보고….

선호 합의하려면 얼마나 들겠나?

도훈 글쎄요. 일반인도 아니고 경찰 폭행인데 돈이 좀 들겠지요.

선호 글쎄 얼마나?

도훈 그거야 당사자하고 얘기해봐야죠.

선호　여기 땅 담보로 대출받으면 얼마나 될까?

도훈　이게 한 오천 평 되려나…? 그럼 평당 10만 원 잡으면 5억 정도….

선호　아무튼 빨리 알아봐 주게. 다친 경찰이 누군지 알아봐서 미리 만나보고….

도훈　그럼 이번에 나오시는 겁니다.

선호　아, 그건 나중에 천천히 얘기하고….

도훈　에이, 또 그러신다. 나중에 안 하신다 하면 저만 닭 쫓던 개 지붕 쳐다보는 꼴 나게요?

선호　어허, 그럼 내가 닭이란 말인가?

도훈　그건 아니구요. 뭔가 확답을 해주셔야 저도 믿고 열심히 뛸 것 아닙니까?

선호　걸리는 게 있어서 그래. 자식놈들 땜에… 자넨 아직 미혼이지?

도훈　네. 갑자기 그건 왜…?

선호　데이트 많이 하게나. 한 살이라도 더 먹기 전에… 자네도 자식이 생기면 생각이 달라질 거야.

도훈　아, 자꾸 말 돌리지 마시고 확답을 해주십시오. 이번엔 정말 확실합니다.

선호　생각해 보겠네. 머리가 복잡하네.

도훈　그럼 오늘도 확답을 못 듣는 겁니까? 이렇게 주저, 주저하시면 안 됩니다. 요즘 공천받으려고 돈 싸들고 오는 사람이 한둘이 아니에요. 이번 기회 놓치면 다신 오지 않습니다. 저를 봐서라도 빨리 결심을 해주십시오.

선호 아무튼 빨리 가서 내 아들 문제나 해결하라니까….

도훈 알겠습니다. 일단 가죠. 가서 알아볼 테니 나중에 딴 말 마십시오.

선호 ….

도훈 부동산 사무실에도 들러볼까요?

선호 그래. 시세나 한번 알아보든가….

도훈 네, 그럼. 사랑합니다. 의원님! (손으로 하트를 그려 보이고 나간다)

잠시 후, 유미 다가온다.

유미 아빠, 차 한잔 드세요.

선호 무슨 차냐?

유미 민들레차예요. 생각 안 나세요?

선호 응?

유미 엄마가 이 차를 좋아했잖아요. 솜털같이 부드럽고 바람만 조금 불어도 날아갈 것 같은 민들레 홀씨….

선호 그렇구나.

현숙, 다가온다.

유미   언니도 마실래?

현숙   좋지. (사이) 이거 마시니까 엄마 생각나네.

유미   그렇지?

현숙   따뜻하고 온기가 느껴진다. (사이) 유미야 왜 그래?

유미   (울먹인다) 아니야. 생각나서….

현숙   (유미 손을 잡는다)

유미   아는 언니가 있었는데 작년에 갑자기 죽었어. 폐렴으로 어이없이… 가족이 아무도 없어서 친구들이 장례를 치뤘는데, 어디 묘도 세울 수 없어서 화장터 빈터에 뼛가루만 뿌려줬어. 그걸 뿌릴 때 온기가 아직도 손에 느껴지는 것 같아. 이 손에 그 온기가… 그걸 생각하면 사는 게 너무 허무해. 가족도 없이, 누가 찾아올 묘도 없이 갑자기 사라져 버린 것 같은 느낌… 그리고 얼마 지나면 아무에게도 기억되지 않는 존재로 남는다고 생각하니….

현숙   그런 사람들 적지 않아. 그렇다고 묘가 있다고 해서 달라질 것도 없어. 누구나 다 언젠간 사라지고 잊혀질 건데… 인생은 그러려니 생각하고 잊어버려. 너무 깊이 빠지면 우울증 걸린다. 난 엄마 묘에 가봐야겠다.

유미   응, 언니.

현숙, 나간다.

유미는 화구를 펼치고 그림을 그린다.

유미　아빠 나 당분간 여기 있어도 되죠?

선호　그래라. 그림 그리려고?

유미　네. 수묵화 그리는데 마저 끝내려구요.

선호　수묵화라면 동양화 맞지? 서양화는 안 그리고?

유미　어느 날부터인가 하얀 여백이 좋아졌어요. 빈 느낌이….

선호　비어 있다….

유미　여기에 계곡 물만 그리면 되는데 왜 이리 어렵죠?

춘희, 홀연히 나타나 유미 등 뒤에 선다.

춘희　어디 보자.

유미　여기에 물만 그리면 되는데… 무슨 색을 칠하죠?

춘희　그냥 두거라.

유미　네?

춘희　물은 그리는 게 아니라 듣는 것이야. 아무 색도 칠하지
　　　　말고 빈 채로 그냥 두거라.

유미　그래도 될까요?

춘희　그럼, 언젠가 보일 거야.

춘희, 사라진다.

선호　유미야, 넌 누구랑 얘기하냐?

유미　네? 아무도 없는데요.

선호　그래? 무슨 소리가 들렸는데….

정인, 다가온다.

선호　집은 어때요?

정인　조금만 손대면 괜찮겠어요. 아랫목이 뜨끈한 게 좋더라구요. 혹시 벽에 걸린 사진이….

선호　보았군요. 치워야 하는데….

정인　저도 보고 놀랐어요. 제 모습을 보는 것 같아서… 전 이제 가봐야겠어요.

선호　아니, 식사라도 하고….

판수와 산지기, 급하게 산에서 내려온다.

산지기　저… 뭐라고 말씀드려야 할지….

선호　뭐요? 할아범.

산지기　큰아드님이 뭐시냐….

선호　빨리 말해 봐요.

판수　큰아드님이 나무 밑으로 떨어졌구만이라우. 난 웬 짐승이 덫에 걸려 쓰러진 줄 알았는데 ….

선호　그래서 어떻게 됐단 말이요?

판수 가망이 없어 보이는디….

선호 뭐요?

판수 숨을 쉬지 않는 게….

선호, 쓰러질 듯 비틀거린다.

산지기 도련님!

선호 거기… 거기가 어딘가…?

산지기 따라오세요.

유미 아빠!

선호 넌 현숙이 찾아서 얼른 오라고 해라.

유미, 뛰어 나간다.

선호, 산지기를 따라 산으로 올라간다.

판수 (담배를 꺼내 문다) 쯧쯧… 뭔 일이다냐, 저기서 벌써 두 명
이나 죽어 나가네….

정인 뭔 일이래요?

판수 그러게 말이어라우. 아무튼 하필 이런 날에… 나가 원장
님 보기가 미안하구만이라우.

정인 저는 괜찮아요. 별일 없어야 할 텐데….

판수 참, 이러고 있을 때가 아니제. (핸드폰을 꺼내 전화를 건다)

파출소죠? 여기 장선호 씨 댁인데 사람이 죽었구만이라우. (사이) 글씨요, 실수로 떨어진 건지, 자살한 건지… 아무튼 거시기 하요. (사이) 네. 그 큰아들 맞지라우. 네. 119도 불러주시구요. 네. (전화 끊는다) 휴우 ….

까마귀 소리, 귀를 어지럽힌다.

판수   아이고 저놈의 까마구 새끼들은 왜 저렇게 쳐 울고 지랄이여… 불난 집에 부채질하는 건지… 총 있으면 그냥 싹 다 쫘버리고 싶네.

정인, 일어서서 갈 채비를 한다.

정인   저는 이만….
판수   왜 내려가시게요?
정인   네. 아무래도….
판수   그려요. 좀 정리되고 편안할 때 보는 게 좋겠수. 장 선상이 뭐라 안 해요?
정인   네? 무슨?
판수   아따, 담에 또 보자든가… 그러니께 애프터… 애프터 신청….
정인   지금, 그럴 정신이 있겠어요?

판수	하긴… 자식이 죽어나가는 판에… 불안, 불안 하더만 기어이 일이 터져 부렸구면. 그래서 무자식이 상팔자라고 하더니만… 원장님은 딸린 애들은 없지라우?
정인	네.
판수	잘됐구만, 아주 잘됐어. 자식이 없으면 재혼도 쉬어라우.
정인	그럼….
판수	살펴가시요. 담에 연락드리지라우. 양복 한 벌 얻어 입을라고 했구만 쉽지가 않네.

정인, 산 밑으로 내려간다.

잠시 후. 김 형사와 경찰 2, 올라온다.

김형사	아이고 숨차.
판수	아따, 김 형사. 겁나게 빨리 와부렸구만.
김형사	네. 마침 근처에 있어서요.
판수	고생이 많아불구만.
김형사	자살인가요?
판수	글씨, 내가 보기엔 아마도….
김형사	조사해보면 알겠지요. 그나저나 어디라 했소?
판수	아, 저기 저, 큰 소나무 보이지라우. 천년송 바로 밑에….
김형사	아니, 저긴 옛날에도….
판수	그러니께요. 뭔 귀신이 붙었나. 아무래도 굿이라도 해야

될랑가 ….

김형사와 경찰 2, 산 위로 올라간다.
유미와 현숙, 뛰어 들어온다.

현숙　아빠는 어디 계셔요?

판수　아직 위에 있구만이라우.

현숙　오빠가 죽은 게 사실이에요?

선호, 산에서 터벅터벅 내려온다.

유미　아빠!

선호　염병헐 놈의 새끼, 잘 죽었다. 저렇게 살 바엔 차라리 죽
　　　는 게 났지.

판수　119는 지가 불렀구만이라우. 파출소에도 연락했고 ….

선호, 평상에 힘없이 주저앉는다.

선호　세상 살았다 할 것이 없구나. 다 부질없어.

판수　그렇다고 죽을 것까진 없는디… 요즘 젊은 친구들이
　　　참… 어쨌든 장 선상님, 마음 단단히 먹어요. 죽은 자식
　　　은 죽은 자식이고, 산 자식은 산 자식이니께 이젠 산 자

식들 보고 살아야지라우….

선호 여러 가지로 신세 많이 지네요.

까마귀 소리.

판수 (일어난다) 저놈의 새끼들. 저리 가라. 저리 가. (새를 쫓으며
밑으로 내려간다)

현숙 아빠….

선호 난 괜찮다. 걱정마라. 미친놈의 새끼… 끝까지 속을 썩이
는구나.

사이.

현숙 차라리 잘됐네요. 아빠한텐….

선호 그게 무슨 말이냐?

현숙 선거하는데 큰 골칫거리가 없어졌잖아요. 돈도 안 들어
가고….

선호 넌 그걸 말이라고 하고 있어?

현숙 제 말이 틀렸나요? 오빠가 마지막에 효도하네요. 아빤 가
족보다 선거가 더 중요하잖아요. 자식이 죽든 말든 아빠
는 체면이 더 중요하고 일이 먼저죠. 오빠도 어렸을 때
정말 공부도 잘하고 똑똑했는데, 오랫동안 아프다보니

일도 취직도 못하고 저렇게 된 거잖아요. 우리가 조금만 더 신경 쓰고 보살폈으면 저렇게 됐겠어요? 울 엄마도 오죽하면….

선호   넌 지금 무슨 말을 하는 거냐? 거기서 네 엄마가 왜 나와?

현숙   엄마도 아빠가 정치한다고 하지 않았으면 그렇게 힘들게 살지 않았다구요. 그런데 이제 또 선거에 나가고 싶으세요? 자식이 죽어 나가는 마당에….

선호   내가 선거에 나간단 말은 하지 않았다.

현숙   여기도 팔려고 내 놓는다면서요?

선호   그냥 알아보라고만 한 거야.

현숙   그게 그거지 뭐예요? 그럴 돈 있으면 자식들 좀 챙겨주세요. 다들 힘들잖아요. 나도 혼자서 살기 팍팍하고 재식이도 놀고 있고, 미숙이는 언제 이혼할지 모르고… 누가 그러더라구요. 부모는 자기의 꿈을 자식들에게 조금씩 떼어 주는 거라고… 부모의 꿈이 줄어든 만큼 자식의 꿈은 커지고 부모는 자기의 희망을 자식에게 넘겨주는 거라고요. 근데 아직도 아빠… 아빠밖에 몰라요. 이제 그 꿈 버리면 안 돼요? 우리에게 물려주면 안 되냐구요?

선호   그래서 결국 여기 집, 땅 다 팔아서 너희들 나눠주라는 거냐?

현숙   그 말이 아니잖아요, 지금 내 뜻은….

선호　시끄럽다. 다 가버려. 다 없어져버려. 꼴도 보기 싫다.

현숙　네. 가라고 하지 않아도 갑니다. 갈 겁니다. 잘난 아빠는 하고 싶은 대로 국회의원도 하고 아예 대통령까지 하시죠. 유미야 넌 안 가?

유미　언니….

현숙, 안으로 들어간다.

잠시 정적이 흐른다. 선호, 멀리 날아가는 학을 멍하니 봐라본다.

선호　내가 그동안 잘못 산 게요? 당신도 나를 원망하오…?

선호, 평상에 놓인 술을 따라서 마신다.

잠시 후, 전화가 걸려온다.

유미　아빠, 전화….

선호　여보세요. (사이) 아니, 이제 필요없네. 그냥 없던 걸로 하고 정리하세. (사이) 응. 죄송하다고 전해주고… (사이) 긴 얘기 하지 말고, 자네도 나 믿지 말고 갈 길 가게나. (사이) 고생했네. (사이) 아니 됐네. 다신 오지 말고…. (전화끊는다)

유미, 화구를 정리한다.

선호   이제 좀 조용하구나.

유미   아빠 저 며칠 더 있다가 가도 되죠?

선호   그래. 아빠가 미안하다.

유미   뭘요….

선호   (일어나서 그림을 들여다 본다) 왜 여기는 그리다 말고…?

유미   아, 거긴 그냥 두랬어요.

선호   응? 누가?

유미   엄마가요.

선호   엄마가…?

선호, 몇 발자국 걸어가서 산 밑을 바라본다.

선호   유미야, 들리지?

유미   네…?

선호   이제 들리는구나. 왜 그동안 저 소리가 들리지 않았지?

물 흐르는 소리 잔잔히 들린다.

암전.

끝.

인류 최후의 연인

다가올 미래의 어느 날. 지구의 환경오염이 극에 달하자
신은 갑자기 지구의 모든 인류를 나무로 만들어 버린다.
단, 동굴로 피한 두 사람만 빼고. 그렇게 이야기가 시작된다.

등장인물

남자
여자

시끄러운 굉음이 들리고 폭풍이 몰아치다 잠잠해진다.

동굴 안. 두 사람은 등산복 차림. 바닥에 쓰러져 있다가 일어

난다.

여자   여기가 어디야? 아, 머리 아퍼. 아빠!

남자   아….

여자   아빠 괜찮아?

남자   넌?

여자   난 괜찮아. 우리 살아있는 거야?

남자   그런 것 같다. 동굴로 피했기 망정이지 그러지 않았음 우

       리도….

여자   엄마는?

남자   우리 둘뿐이야.

여자   아….

여자, 일어나서 동굴 입구로 간다.

남자   어디 가?

여자   밖에 좀 보려구요.

남자   안 돼!

여자   왜?

남자   아직 안 돼. 밖은 아직 위험해. 잘못하면 우리도 나무가

돼버릴지도 몰라.

여자 나무가 돼?

남자 그래. 모두 나무가 돼버렸어.

여자 왜 사람들이 모두 나무로 변한 거야?

남자 그건… 자세한 건 나도 몰라.

여자 우린 어떻게 이 동굴로 왔어?

남자 하늘에서 우렁찬 소리가 들렸어. 너도 들었잖아.

여자 난 천둥치는 소리밖에 못 들었는데… 곧 이어 장대 같은 비가 쏟아졌고… 근데 아빤 무슨 소리 들었다는 거야?

남자 하나님의 소리.

여자 아빠 미쳤어? 무슨 하나님의 소리야? 아빤 교회도 안 나가잖아.

남자 하나님은 교회에만 있는 것 아냐.

여자 이상한 말만 하지 말고, 대체 무슨 소리가 들렸다는 거야?

남자 하늘에서 음성이 들렸어. 동굴로 빨리 들어가라고… 그리고 뒤도 돌아보지 말고 뛰어라고 했어. 돌아보면 나무로 변할 거라고….

여자 정말? 그럼 엄마도 나무가….

남자 아마도….

여자 엄마 어떻게 해?

남자 뭘 어떻게 해? 별 수 없지.

여자 아빤 어떻게 아무렇지도 않게 말할 수 있어? 그래도 같이 산 세월이 있는데….

남자 넌 꼭 네 할머니처럼 얘기하는구나. 같이 산 세월이 있더라도 헤어질 수 있는 거지.

여자 그럼 아빠 엄마와 헤어지고 싶었어?

남자 부부란 오래 살면 다 원수가 되어서 헤어지고 싶은 거야.

여자 백년해로하는 사람들도 있잖아.

남자 그건 특별한 케이스고….

여자 그건 그렇다 치고 아빠가 정말 하나님의 음성을 들었다는 거야?

남자 응.

여자 아빠가 예수야? 하나님의 아들이라도 된다는 거야?

남자 아니.

여자 성경에 나오는 선지자?

남자 아니.

여자 근데 왜 하나님이 아빠한테 말을 해?

남자 그거야 나도 모르지. 하나님 맘이니까….

여자 모두 나무가 돼버리고 우리 둘만 살아남았다… 특별히 우리가 그럴 만 한 이유가 있을 것 아냐? 근데 아빠는 평범한 월급장이고, 난 졸업하고 별 볼 일 없는 취준생이고, 오랜만에 가족끼리 주말에 등산 왔다가 갑자기….

남자 글쎄… 하나님의 무슨 특별한 계획이 있었겠지.

여자 특별한 계획…? 그게 뭘까? 아빠가 하나님에게 물어보면 되겠네.

남자   내가?

여자   응. 하나님의 음성이 들린다며?

남자   그렇긴 하지만… 어떻게 물어봐? 어디에 계신지도 모르는데….

여자   핸드폰 있잖아.

남자   장난해? 하나님이 무슨 핸폰이 있다고… 하나님은 디지털 시대가 아닌 다른 차원에 살고 있을 거야.

여자   참, 내 핸폰… 어딨지? (주변을 둘러본다)

남자   찾아서 뭐하게… 되지도 않을 텐데….

여자   그래도 없으면 왠지….

남자   핸폰은 우리에게 불안감만 더해줄 뿐이야. 핸폰이 없었을 땐 여유가 있고 기다림도 있었는데… 요즘은 핸폰으로 인해 강박감만 늘었어.

여자, 배낭을 뒤진다.

여자   찾았다! (사이) 어, 안되네.

남자   내 말이 맞지? 핸폰이 지금 되겠냐? 천지개벽이 됐는데….

여자   아 어떡해… 핸폰 없으면 아무 것도 못하는데… 아빠 핸폰은?

남자　몰라. 어딘가 있겠지.

여자　찾아봐. 혹시 모르잖아.

남자　(배낭 속을 뒤진다) 여기 있네. (사이) 역시 안 되는군. 그럴 줄 알았어.

여자　암흑 속에 있는 것 같아. 세상과 단절된 기분이야. 아빠 무서워. 우린 어떻게 되는 거지? 모두 나무가 돼버리고 우리만 있다면 어떻게 살아가?

남자　죽지 않는 한 살아야지.

여자　집은 그대로 있을까? 도로는…?

남자　글쎄….

여자　아빠 걱정이 안 돼?

남자　나도 걱정이 되지, 불안하고….

여자　그럼 어떻게 해 봐. 가만히 있지 말고….

남자　뭘…?

여자　여기저기 연락해보고, 알아보고….

남자　천천히… 생각 좀 하고….

사이.

여자　왜 무슨 생각으로 하나님은 사람들을 나무로 만들어 버렸지?

남자　맘에 안 들었겠지.

여자　왜?

남자　난 짐작이 돼.

여자　뭐가?

남자　신은 자기의 형상대로 인간을 만들었다고 하잖아. 근데 요즘 봐. 환경은 한없이 오염되고, 사람들은 서로 싸우지, 이기심과 욕심은 끝이 없지… 나 같아도 다 쓸어버리고 싶은데 하나님은 오죽하겠어… 인간은 하나님의 거울이야. 우리도 거울 보다가 내가 싫어질 때가 있듯이….

여자　난 이해가 되지 않아. 2천 년 동안 아무 말도 없다가 갑자기 개입한다는 거야? 그동안 전쟁으로 수많은 사람이 죽어나가도, 전염병으로 수천만이 죽어도 가만히 있다가 이제야 나선다고? 그럼 지금까진 뭐 했는데? 도대체 신은 있기라도 한 거야?

남자　참다 참다, 화가 단단히 나신 모양이지.

여자　이건 일종의 자연현상일 수 있어. 지구 스스로의 자정노력이랄까. 사람이 나무가 돼버린 게 아니라 그냥 증발한 거야. 휴거처럼….

남자　휴거?

여자　아니면 단체로 어느 곳에 갇혀 있거나 방주에 들어가 있거나….

남자　지구 인구가 몇 명인데 그 많은 수를 어디에 가둬? 방주도 마찬가지. 말이 되는 소릴 해라. 난 분명히 들었어. 나무로 만든다고….

여자 좋아 그렇다 쳐. 그럼 어떻게 하면 노여움이 풀릴까?

남자 글쎄다. 어떻게 해야 할까….

여자 이건 아빠한테도 그 원인이 있어.

남자 무슨 소리?

여자 어지간히 바람을 피워야지

남자 내가?

여자 내가 모를 줄 알아? 내가 그동안 가정의 평화를 위해 모른 체 한 거야. 하나님이 얼마나 가정주의자인데….

남자 어이가 없다. 바람하고 인류멸망이 무슨 상관있어? 내가 바람 좀 피웠다고 인류가 멸망을 해?

여자 그거야 나도 모르지. 하나님 맘이니까. 아무튼 아빠도 일종의 기여를 한 거야.

사이.

남자 쉿!

여자 왜?

사이.

남자 바람소리….

여자	휴우, 난 또… 아, 배고프다. 아빠 뭐 먹을 거 없어?
남자	넌 이 상황에서도 먹을 것 타령이냐?
여자	가방 줘 봐. (배낭을 뒤진다) 이건 뭐지? 술은 왜 가지고 왔 어?
남자	산에서 추우면 먹으려고….
여자	오, 컵라면. 물을 어떻게 끓이지?
남자	불 피워야지.
여자	어떻게? 설마 나무 쪼가리 모아다가?
남자	버너가 있으니까 걱정 마.
여자	휴우….

남자, 배낭에서 버너를 꺼내 불을 피운다.

여자	근데 우리 언제까지 여기 있어야 돼?
남자	글쎄다. 무슨 정보가 있어야지. 나가도 될지, 아니면 계속 있어야 할지 모르겠다. 모든 게 두절됐으니….
여자	아빠가 한번 나가보면 안 돼?
남자	내가?
여자	응. 당신은 아빠십니다!
남자	좌우간 지금 당장은 아니고 좀 두고 보자.
여자	먹을 것도 없잖아. 다 떨어지면?
남자	어떻게든 널 굶기진 않겠다. 물 끓었다.

둘은 물을 컵라면에 붓고 먹는다.

여자   몇 시쯤 됐을까?

남자   글쎄.

여자   잠깐만.

여자, 동굴 입구로 가서 밖을 살핀다.

여자   어두워. 밤인가 봐. 짐승들이 들어오면 어떡해? 저 입구
        를 막으면 안 돼?

남자   그럴까? 뭘로 막지? (사이) 저기 바위가 좋겠다.

둘은 바위를 들어 동굴 입구를 막는다.

여자   너무 어두워.

남자, 배낭에서 등산용 램프를 꺼내 불을 밝힌다.

여자   이건 언제까지 갈까?

남자   한 일주일 가려나… 좀 누워.

여자   바닥 차갑지 않아?

남자   담요 깔면 돼.

여자　잠이 올지 모르겠네.

남자　왜?

여자　난 잠자리 바뀌면 잠을 못 자. 예민해서….

남자　걱정 말고 자.

여자　아빠 지금 이 상황에 잠이 올 거라고 생각해?

남자　그럼 어떡하냐… 잠은 자야지….

여자　어휴 답답해. 아빠 같은 사람하고 결혼하는 일은 없을
　　　거야.

남자　아무렴….

사이.

여자　하나님은 무슨 말 없어?

남자　무슨 말?

여자　아니, 동굴에 들어가라고 했으면 그 후속 조치가 있어야
　　　되잖아. 아무 말 없으면 안 되지.

남자　아무튼 넌 하나님의 존재를 믿는다는 거구나.

여자　그건 아니고… 가정하면 그렇다는 거지.

남자　좀 기다려봐. 또 갑자기 나타나겠지.

여자　그러다 안 나타나면? 영영 안 나타나면 어떻게 할 건데?

남자　그럼 어쩔 수 없지. 우리가 나무로 살아남은 것만도 다행
　　　으로 알아야지.

여자 아무튼 무대책이야. 하나님이건 아빠건… 차라리 첨부터 나무로 태어날 걸….

남자 뭐?

사이.

여자 나무도 생각을 할까?

남자 글쎄 자라는 걸 보면 어느 정도 생각을 하지 않을까?

여자 무슨 생각?

남자 가령 옆으로 뻗을까, 위로 뻗을까… 아님 45도 각도로 뻗을까?

여자 그건 생각이 아니라 저절로 그렇게 되는 거 아니야? 만약 나무도 생각을 한다면 다른 생각을 하겠지. 그렇다면 우리도 굳이 인간 말고 나무로 살아도 괜찮을 거 같아.

남자 그럼 무슨 재미로 살아? 아무 것도 못하고 물만 먹고 살아야 하는데….

여자 아, 그렇군. 인간이 낫겠네.

남자 그러니까 자꾸 엉뚱한 생각 하지 마.

사이.

여자 근데 만약 우리가 죽으면 어떻게 되는 거지? 우리가 마지막 인간이라면….

남자 그럼 인류의 종말이 오는 거지. 그러니까 오래 살아야지.

여자 후손이 있어야 되지 않을까…? 인간이 이어지려면….

남자 그렇긴 하지만 방법이 없잖아. 우리 둘뿐이니….

여자 (생각에 잠긴다)

사이.

남자 잠 안 와?

여자 아빤 뭐 하려고? 아빠도 자야지….

남자 응. 기도나 드려봐야지.

여자 누구한테?

남자 누군 누구야? 하나님이지.

여자 언제부터 아빠가 하나님한테 기도했다구… 아무튼 난 좀
잘 테니까 응답이 오면 깨워.

여자, 담요를 깔고 눕는다.
남자, 배낭에서 술병을 꺼낸다.

암전.

다음 날 아침.

여자, 잠에서 깨어난다.

여자 무슨 소리지?

남자, 밖에서 들어온다.

남자 일어났어?

여자 응. 어디 갔다 와?

남자 버섯 좀 봐라.

여자 우와. 근데 아빠, 밖에 뭐 없어?

남자 뭐?

여자 파도 소리가 들려서….

남자 사방이 바다로 막혔어.

여자 진짜? 언제부터? 우리가 산에 올라올 땐 없었잖아.

남자 나도 놀랬어. 밤새 생긴 것 같아.

여자 갑자기 대홍수라도 난 거야? 아님 빙하가 녹아서 육지가
　　　　물에 잠겼거나….

남자 글쎄다….

여자 여기까지 물에 잠기면 어떻게 해? 집엔 어떻게 가지?

남자 집에 가고 싶어?

여자 응. 가서 맛있는 것도 먹고, TV도 보고….

남자 뭐 먹고 싶은데?

여자 치킨, 라면, 피자, 칭타오….

남자 칭타오? 맥주?

여자 응.

남자 너 술 먹어?

여자 응.

남자 언제부터?

여자 중2.

남자 중2? 하여튼 빨리 까져 가지고….

여자 왜 이러셔… 요즘 다 그래.

남자 그래 주량이 어떻게 되는데?

여자 소주 한 3병… 맥주는 무한대….

남자 너 그럼 오바이트도 해봤어?

여자 기본이지. 있잖아, 아빠 그거 막 처음엔 죽을 만큼 괴로운데… 좀 지나면 뭔가 쾌감이 있다.

남자 그렇지? 너도 뭔가 아는구나.

여자 속에 신물까지 다 토해냈을 때 그 기분 있잖아. 괴로우면서도 뭔가 시원한 느낌. 몸 속에 있는 온갖 찌꺼기가 다 쏟아져 나오는 느낌… 그러면 내가 살아 있다는 진한 뭔가가 느껴지면서 말로 표현할 수 없는 그 어떤 희열이 있어.

남자 하하….

여자 계속 먹는 얘기했더니 배고프네. 이제 뭐 남았어?

남자　통조림 하나, 햇반 한 개. 그리고 이 버섯.

여자　밖엔 뭐 없을까…? 버섯 말고….

남자　찾아봐야지.

여자　고기는 없을까?

남자　무슨 고기?

여자　꿩이나 토끼, 물고기 등등… 고기 먹고 싶다. 아빠가 잡아오면 안 될까? 이럴수록 단백질 섭취를 해야 돼.

남자　나중에… 지금은 힘들다.

여자　아, 배 아프다. 화장실 어딨지?

남자　화장실이 어딨어? 밖에 가서 아무데나 싸.

여자　다 큰 숙녀가 밖에서? 누가 보면 어쩌려고….

남자　누가 있다고 그래? 다 나무들뿐인데….

여자　나무가 아니라 원래 사람들이었다며? 눈 뜨고 보고 있을지도 몰라.

남자　안 보니까 걱정 말고 어서 갔다 와.

여자　아빠가 같이 가주면 안 돼?

남자　내가? 너도 이제 다 컸잖아.

여자　그래도 무서워. 갑자기 뭐가 튀어 나올지도 몰라. 어렸을 때도 화장실 가면 옆에서 아빠가 지켜줬잖아.

남자　그건 어렸을 때고… (사이) 알았어. 그럼 동굴 입구에 있을게.

여자　좋아. 가까이 있어야 돼.

남자 알았어.

잠시 후, 딸은 동굴 밖으로 나가고, 아빠는 동굴 입구에 서 있다.

여자 (동굴 밖에서) 아빠!

남자 왜?

여자 옆에 있지?

남자 그래.

여자 그대로 있어야 돼.

남자 알았어. 빨리 싸기나 해!

사이.

여자 아빠!

남자 왜?

여자 노래 불러줘.

남자 뭐? 뜬금없이 무슨 노래야?

여자 아무 노래나 불러줘.

남자 아, 귀찮게 하네.

여자 아이 참… 좀 불러줘. 하나뿐인 딸이 불러 주라는데 그것
도 못하냐!

남자 야, 난 마이크 없인 못해. 가사도 가끔 생각 안 나고….

여자	빨리!
남자	(흥얼거린다) 엄마가 섬그늘에 굴 따러 가면 아기는 혼자 남아 집을 보다가 바다가 들려주는 자장노래에…
여자	계속해!
남자	다음이 뭐지…?
여자	아빠!
남자	왜 또!
여자	화장지.
남자	안 갖고 갔어?
여자	응. 미안….
남자	여기도 없어. 그냥 대충 처리해.
여자	어떻게 그냥…?
남자	나도 몰라!

잠시 후, 여자는 동굴 안으로 들어온다.
남자는 물끄러미 여자를 쳐다본다.

여자	잘 처리했어.
남자	어떻게?
여자	다 방법이 있지.
남자	손은 씻었어?
여자	아니.

남자	뭐?
여자	나오는 게 더럽지, 먹는 건 다 깨끗해.
남자	어휴… 이거나 먹어라. (햇반과 통조림을 내민다)
여자	아빠?
남자	너 먹고 남으면….
여자	안 남을 것 같은데… 이것도 부족해. (먼저 먹는다)
남자	(혼잣말로) 자식들 다 키워봐야 소용없다더니….
여자	뭐라고?
남자	아니야. 빨리 먹어.
여자	먹을 거 떨어지면 어떻게 하지? 아, 아빠가 낚시해오면 되겠다.
남자	낚시?
여자	응. 바다 있다며? 낚시도 하고 과일도 따오고… 근데 쌀이 문제네. 농사를 지을 수도 없고….
남자	야, 넌 앞으로 우리가 살아남을지 어쩔지 모르는 판국에 먹을 궁리만 하냐?
여자	그러니까 먹어야 살지. 먹을 게 있어야….
남자	언제 우리도 나무가 돼버릴지도 몰라.
여자	설마…? 하나님이 계시는데….
남자	하나님도 언제 맘이 바뀔 줄 몰라.
여자	그럼 우리가 어떻게 해야 하는데?
남자	좀 조용히 가만히 있어.

여자 치….

사이.

여자 아빠 배 못 만들어?

남자 글쎄. 한 번도 안 만들어봐서… 뗏목이라면 몰라도.

여자 어떻게든 여길 빠져 나가야 할 텐데… (사이) 밖에 한번
나가볼까?

남자 혼자는 위험해.

여자 아빠랑 같이 가면 되지.

남자 난 좀 쉬고 싶다.

여자 알았어. 그럼 혼자 다녀올게. 나도 버섯이나 따올까?

남자 야, 네가 뭘 안다고… 아무거나 따서 먹었다간 큰일 나.

여자 알았어. 이 버섯과 똑 같은 것만 딸게. 그리고 나가서 무
슨 일 있으면 이 조명탄을 쏠게. 그럼 빨리 나와.

남자 알았어. 조심해.

여자, 동굴 밖으로 나간다.

남자 아, 이제 혼자다. 지구 멸망이 와도 어디서나 혼자는 좋
다. 커피나 한잔 할까…? 여기서 며칠이나 살 수 있을까?
그냥 죽어 버릴까? 다 죽었는데 나만 살아서 뭐해? (머리

에 물방울이 떨어진다) 어, 뭐야? 물? 이거 봐라. 물이 떨어
지네. (맛을 본다) 먹어도 될 것 같은데… (배낭에서 그릇을
꺼내 물 떨어지는 곳에 놓는다) 좋아. 아쉬울 땐 이거라도…
(남겨진 통조림을 살핀다) 진짜 다 먹어버렸네. 하여튼 돼지
같은… 그렇다고 내가 굶느냐… 그럴 순 없지. 버섯을 삶
아서 고추장에… (버너를 켠다) 어? 벌써 가스가 떨어 졌구
나. 불을 어떻게 지피지? 이거야 다시 원시시대로 돌아간
것 같군. 이젠 인간이 아니라 호모사피엔스다.

밖에서 조명탄 터지는 소리가 난다.

남자　　뭐야!

남자, 밖으로 허겁지겁 나간다.

암전.

동굴 안.
남자는 여자의 다친 발을 살피고 있다.

여자　　아, 살살….

남자   그러니까 뭐 하러 혼자 나가서….

여자   분명히 봤다니까….

남자   보긴 뭘 봐? 헛것을 본거지.

여자   아니야, 분명히 사람이었어.

남자   그럼 하나님이 거짓말이라도 했다는 거야? 다 나무로 만
        들어 버렸다는데….

여자   예외가 있을 수도 있잖아. 돌연변이….

남자   말이 된 소리를 해라.

여자   노란 머리에 잘 생긴 남자 같았어.

남자   네가 며칠 남자를 못 보더니 환상이 보이나 보다. 꿈 깨
        세요. 공주님.

여자   아니라니까. 분명히 봤다니까!

남자   그렇게 멋진 남자라면 왜 도망쳐?

여자   아니 그래도 좀 겁나잖아. 처음 본 사람인데….

남자   내 생각엔 사람이 맞다면 아들이었을 거야.

여자   아들? 누구 아들?

남자   하나님 아들.

여자   그럼 예수…? 예수는 죽었잖아, 십자가에 매달려….

남자   부활했잖아.

여자   에이, 그건 성경에 나오는 얘기지. 그걸 믿어?

남자   어쨌든 나무로 변하지 않았다면 일단 인간은 아니야. 하
        나님의 가족임에 틀림없어.

여자   그럼 신이네.

남자   아마도….

여자   내일은 만나봐야지. 도망치지 말고….

남자   (발에 붕대를 감아준다) 됐다. 조심해. 여기서 아프면 큰일이야. 약도 없어.

여자   그러면 그냥 죽어버리지. 사는 재미도 없고….

남자   견디다 보면 좋은 날이 올 거야.

여자   휴우, 심란하네. (사이) 근데 아빠는 왜 살아?

남자   뜬금없이 그건 무슨 말이냐?

여자   사는 목적이 뭐냐고?

남자   넌 뭔데?

여자   난 특별히 목적이 없어. 그리고 내가 먼저 물었잖아. 그냥 죽지 않아서 사는 거야?

남자   굳이 얘기하자면… 보다 더 나은 세상을 후손에게 물려주기 위해서랄까….

여자   와! 거창한데… 근데 우리에게 후손이 어디 있어? 아무도 없잖아, 우리 둘밖에….

남자   그럼… 목표를 바꿔야 하나? 아님 후손을 만들어야 할까?

여자   후손을 어떻게 만들어? 아무도 없는데….

남자   그렇군.

여자   이젠 연락 안 돼?

남자 누구?

여자 아빠 옛날 애인들….

남자 그야 다 나무가 됐겠지.

여자 그렇군. 근데 꼭 후손을 이어야 돼? 인간이 더 살 필요가 있나?

남자 그럼, 지구에 인간이 한 명도 없어도 넌 상관없어?

여자 나야 뭐… 죽으면 다 끝인데 후손이 있든 말든 그게 무슨 의미가 있나 해서….

남자 과연 죽으면 끝일까?

여자 무슨 소리?

남자 정말 죽으면 아무 것도 없는 걸까…? 천국도, 지옥도, 영혼도….

여자 그야 난 모르지, 안 죽어봐서….

남자 그러니까 혹시 모르잖아. 만약 있다면 어떻게 할래? 그래서, 없을 땐 없더라도 미리 준비는 해야 하지 않을까? 만약 딱 죽었는데… 조상들 앞으로 가는 거야. 조상들이 왜 후손이 없냐고 하면 어떻게 해? 아마 크게 혼나거나 볼기짝을 맞거나 심하면 영원히 꺼지지 않는 유황불 속에 갇힐지도 몰라. 그러니 보험 들어 놓는다 생각하고 대비해야 돼.

여자 사후 세계에 대한 보험이라….

사이.

남자   넌 사귀던 남자 없어?

여자   응. 최근엔….

남자   그 전엔 있었고?

여자   당연하지. 날 뭘로 보고… 이 뛰어난 지능과 외모에 남자 없었을까봐….

남자   내 기억으론 일년 이상 만나는 남자는 없었던 것 같아서… 내가 볼 때 넌 좀 성격을 고쳐야 할 거야.

여자   내 성격이 어때서?

남자   까칠하잖아. 남 배려할 줄 모르고, 안 봐도 비디오다. 한번 해볼까?

여자   뭘?

남자   내가 소개팅 나온 남자라 생각하고 테스트 한번 해보자고.

여자   무슨… 그딴 걸 왜 해?

남자   왜? 들통날까봐?

여자   난 성격 좋아요. 그러니….

남자   그러니까 한번 해보자고.

여자   좋아. 알았어. 이상한 질문은 하지 말고….

남자   자, 시작한다. 여기가 약속 장소라고 하고, 네가 먼저 와서 기다리고 있고 내가 나중에 등장하는 거야.

여자   연극을 하자고?

남자   자, 시작한다.

여자   연극이라면 자신 있지.

사이.

남자   혹시 오늘 5시에 만나기로 한 분 맞나요?

여자   아, 네.

남자   죄송해요. 제가 좀 늦었죠?

여자   남자가 먼저 와서 기다려야 하는 거 아녜요?

남자   아, 차가 막혀서… 죄송해요.

여자   퇴근 시간이면 당연히 차가 막히겠죠.

남자   오래 기다렸어요?

여자   아니요, 저도 방금 왔어요. 앉으세요.

남자   일단 먼저 차 주문할까요?

여자   커피 마실게요.

남자   저도 같은 거로….

여자   왜 따라하세요?

남자   아니 그게 아니고 저도 마시고 싶어서….

여자   (혼잣말로) 난 주관이 뚜렷한 남자가 좋더라.

남자   네?

여자   아니에요. 무슨 일 하신다고 했죠?

남자   조그만 회사 다니고 있습니다.

여자   몇 년 됐어요?

남자   네?

여자   근무한 지 얼마 됐나구요, 우리 말 못 알아들어요?

남자   이제 일년 좀 넘었어요.

여자   그럼 연봉이 얼마 안 되겠네요?

남자   네. 그래도 지낼 만합니다.

여자   혼자 지내는 데엔 괜찮겠죠.

남자   네?

여자   아니요, 혹시 결혼하게 되면 집은…?

남자   그거야 천천히 모아서 마련해야죠.

여자   어느 세월에….

남자   네?

여자   준비된 건 없고… 현재는 가능성만 있다는 거네요.

남자   열심히 노력하고 있습니다. 그쪽은 뭐하시는지…?

여자   네. 전 열심히 공부하고 있어요.

남자   공부? 대학원에서…?

여자   아니요, 전 공무원쪽으로… 준비 중이에요.

남자   아, 공무원 좋죠. 평생직에다 연금도 나오고….

여자   그렇긴 하죠.

남자   뭐 좋아하세요?

여자   네?

남자   식사 안했죠? 식사 시간인데 저녁 같이 먹을까요?

여자 식사는 좀… 첨에 만나서 같이 식사하는 게 아니래요. 차만 마시면 되지 않을까요?

남자 그래도 좀… 배고프실까봐….

여자 아, 참 깜박했네요. 이따 약속 있는데….

남자 약속이요?

여자 네. 오늘 친구 생일이라 이따 만나서 밥 먹기로 했거든요. 어쩌죠?

남자 아, 네.

여자 차도 마셨고… 저 먼저 일어날게요. 다음에 또 기회가 되면….

사이.

남자 만난 지 얼마나 됐다고 그냥 가버리면….

여자 맘에 안 들면 바로 끝내야지. 뭘 질질 끌어?

남자 그래도 기본 예의란 게 있지.

여자 예의는 무슨… 싫으면 싫은 거지.

남자 그래서 넌 남자가 없는 거야. 안 좋아도 좋은 척 해야, 인간관계가 오래 가는 거야. 참, 걱정된다.

여자 그건 아빠나 걱정해 난 상관없으니….

사이.

여자 아빠 옛날 여자들 중에 특별히 기억나는 여자 있어?

남자 누구?

여자 아빠 스쳐간 여자들 중에 말이야.

남자 글쎄….

여자 하도 많아서 기억이 안 나는 거야? 그중에 가장 좋았던 여자와 가장 안 좋았던 여자 얘기해봐.

남자 음, 가장 좋았던 여자는 와이프.

여자 와이프?

남자 네 엄마.

여자 오, 다행이네. 그럼 가장 안 좋은 여자는?

남자 그것도 네 엄마.

여자 아, 뭐야!

남자 가장 좋아서 결혼했는데 가장 안 좋아진 여자.

여자 그럴 듯한데 뭔가 찜찜하네. 난 어때?

남자 뭐가?

여자 여자로서 말이야.

남자 네가 무슨….

여자 아니 여자로서 매력이 있냐는 거야?

남자 여자로서? 그건… 생각도 하기 싫다.

여자 내가 만약 아빠한테 접근한다면 어떻게 할 거야? 여자로서….

남자 야, 우리가 나이 차이가 몇인데….

여자   나이 차이가 무슨… 요즘은 하도 많아서 특별하지도 않아. 20살 이상 차이나는 거… 연예인, 축구, 야구선수….

남자   그거야, 특별한 사람들이나….

여자   아무튼….

남자   남자가 능력이 있어야 어린 여자를 데리고 살지. 나 정도는 누가 쳐다보지도 않아.

여자   아빠도 멋있어. 내 이상형이 아빠였으니까,

남자   그건 딸들이 상투적으로 하는 말이지. 아빠와 결혼하고 싶다는 건 일종의 엘렉트라 콤플렉스야.

여자   그게 뭔데?

남자   소녀들이 엄마를 제거하고 아빠를 차지하고 싶다는 욕망.

여자   에이 무슨… 난 한번도 그런 생각해 본 적 없네요.

남자   그러니까 그건 무의식 속에 자리 잡고 있는 거야.

여자   자꾸 말 돌리지 말고 난 어떠냐니까… 매력 있어?

남자   그야… 예쁜 편이지.

여자   어디가?

남자   자꾸 왜 이래, 징그럽게….

여자   빨리!

남자   그야 뭐 일반적으로 늘씬하고 이목구비가 뚜렷하고….

여자   남자들은 왜 늘씬한 여자를 좋아할까?

남자   그야 남자는 직선형 인간이고 여자는 곡선형 인간이라. 여자는 라인이 있어야지.

여자 하나님도 그럴까?

남자 뭐?

여자 하나님도 이쁜 여자를 좋아하냐고….

남자 하나님은… 야, 갖다 붙일 데다 붙여야지 그건 질문 같지가 않아.

여자 하나님은 남자야 여자야?

남자 그건… 내가 볼 때 하나님은 성이 없어. 그냥 우리 인간을 창조한 분이야.

여자 하나님이 인간을 만들었는지 어떻게 알아?

남자 하나님이 인간을 창조했다는 증거는 많아. 가령 식물을 제외한 생물체는 거의 유사한 구조를 갖고 있어.

여자 그게 뭔데?

남자 대개 생물체는 소화기관, 배설기관, 생식기관이 있다는 거야. 그렇지?

여자 그래서?

남자 일정한 규칙이 있다는 거지. 누구 한 사람이 만들었으니까 제작방법이 같다는 거야. 규칙이 하나 더 있어. 모든 생물은 탄생해서 죽음을 맞이해. 반드시 한번은 예외 없이 죽게끔 만들어졌어.

여자 그건 뭔가 실수한 것 같아. 죽게 만들어 놓은 거….

남자 잘한 일인지도 몰라. 죽지 않고 계속 태어난다고 해봐. 이 지구가 어떻게 될까? 계속 늘어나는 사람들로 생지옥이 될지 몰라.

여자 하긴….

남자 또 있어.

여자 또?

남자 모든 생물은 암수의 구분이 있어.

여자 암수동체는 어떻게 설명할 건데?

남자 암수가 한 객체에 있든 다른 객체에 따로 따로 있든 암수의 구분이 있다는 거야.

여자 그렇긴 하지만….

남자 그리고 거의 모든 생물은 잠을 자.

여자 당연한거 아니야? 그래서 그게 어쨌다고?

남자 모든 생물이 우연히 저절로 만들어졌다고 하기에는 생명의 구조가 너무 복잡하고 정교해. 이건 분명 최초 설계자가 있다는 거야. 그 설계자가 바로 하나님이야.

여자 진화론은 어떻게 설명할 건데?

남자 진화론?

여자 인류의 조상이 물고기라는 거 알아?

남자 물고기가 조상이라고? 난 처음 듣는 말이다.

여자 생명체의 근간은 세포이고, 세포가 제대로 기능하려면 물이 반드시 액체 상태로 존재해야 돼. 그래서 지구의 최초 생명체는 물에서 시작되었고 수천만 년 동안 진화하여 현재의 인류가 된 거야.

남자 넌 그걸 믿어?

여자 진화론은 그렇게 설명하고 있어. 내가 알기론 현대적 인류의 시작은 약 20만 년 전이라고 하는데 그럼 신이 어느 시점에서 인간을 만들었다는 거야? 아담과 하와는 유인원이야, 네안데르탈인이야? 아님 호모사피언스?

남자 야, 좀 예리한데? 역시 생물학 전공자답다. 그거야 어떤 지점에서 인간이 창조되었고 그 후에 필요에 의해 진화한 것 아닐까….

여자 그만해. 한도 끝도 없어. 우리가 알 수 없는 영역이야. 하나님이 만들었건 자연적으로 생겨나서 진화해 왔건 지금 중요한 건 내가 살아있다는 것이고 지금 몹시 따분하다는 거야.

남자 뭐하고 싶은데? 네가 심심한 모양이구나.

여자 태초에 권태가 있었느니라.

사이.

여자 아빠. 우리 놀이할까?

남자 무슨?

여자 역할놀이. 아빠가 여자하고 내가 남자하고….

남자 정말 심심한 모양이구나. 그딴 걸해서 뭐하게….

여자 그냥 시간이라도 때우게. 가만 있어봐. 내가 화장해줄게.

남자 왜 이래?

여자 가만 있어봐.

사이.

여자 됐다. 이쁜데?

남자 뭘 하자고…?

여자 내가 대학 때 연극부 동아리 활동했거든.

남자 네가? 믿어지지 않는데….

여자 로미오와 줄리엣은 알겠지? 아빠가 줄리엣.

남자 줄리엣은 여자 아니야?

여자 세익스피어 시대엔 남자가 여자 역할을 했어.

남자 사실이야?

여자 그렇다니까.

남자 그래도 이건….

여자 자, 여긴 줄리엣의 이층 발코니야. 여기서 줄리엣이 창문을 통해 달을 보고 있어.

남자 대사는 뭔데?

여자 따라서 해. 아, 로미오님, 로미오님! 어찌하여 당신은 로미오님인가요?

남자 (여자 목소리를 흉내 내서) 아, 로미오님, 로미오님! 어찌하여 당신은 로미오님인가요?

여자 아버지를 잊으세요, 그 이름을 버리세요. 그것이 싫으시거든 절 사랑한다고 맹세라도 해주세요.

남자 아버지를 잊으세요, 그 이름을 버리세요. 그것이 싫으시거든 절 사랑한다고 맹세라도 해주세요.

여자 그러자 로미오가 답을 한다. 그대 말대로 난 그대를 갖겠소. 날 연인이라 불러줘요. 그게 나의 세례명이오. 이제부터 난 절대로 로미오가 아니오. 그리고 이제 포옹하고 키스하는 거야. (남자에게 다가간다)

남자 잠깐!

여자 왜?

남자 여기까지 하자. 네가 그 대사를 외우고 있다니 신기하다.

여자 연극동아리 하면 그 정도는 해. 다음은 줄리엣이 약을 먹고 죽는 장면이야.

남자 또 해?

여자 이건 간단해.

남자 그건 나도 알아. 줄리엣이 가짜 독약을 먹고 죽는 체 하는 거. 대사가 뭐지?

여자 오 로미오님 저는 가요. 당신을 위해서 이걸 마셔요… 하고 쓰러지는 거야.

남자 오 로미오님 저는 가요. 당신을 위해서 이걸 마셔요. (쓰러진다)

여자 두 눈아, 너의 마지막 빛을 보아라. 두 팔아 마지막 포옹을 하라. 오너라, 쓰디쓴 저승의 길잡이야. 오너라 불쾌한 죽음의 안내자야. 내 님을 위해 건배! 이렇게 키스하며 나는 간다. (쓰러진다)

남자 (일어난다) 아니, 내가 죽은 줄 알고 내 님이 따라 죽었구나. 그럼 나도 살 이유가 없지. 나도 죽자. 여기 칼이 있구나. 칼이여 날 죽여다오. (쓰러진다)

사이.

여자 (일어나며) 오! 명연기였어. 아빠 배우해도 되겠어.

남자 뭘 이 정도 가지고….

여자 이제 좀 시간이 갔겠지?

남자 지루함을 못 참는 종족이 인간이야.

여자 참, 연락 왔어?

남자 누구한테?

여자 하나님.

남자 아직… 좀 더 기다려봐야지.

여자 그러다 영영 연락이 없으면…?

남자 그럼 뭐 우리가 알아서 해야지

여자 그런 게 어딨어? 끝까지 책임을 져야지.

남자 우릴 살려준 것만도 고맙게 생각해야지.

여자 그게 아니네요. 이게 사는 거야? 차라리 죽는 게 낫지. (사이) 잠깐, 오늘 며칠이지?

남자 왜? 우리가 산으로 출발한 지 한 일주일 지났으니 10월 10일쯤 되나?

여자 뭐? 큰일났다. 나 면접 있는데….

남자 무슨 면접?

여자 취업 면접.

남자 합격했어?

여자 응. 1차 합격했고 이제 2차 면접이야.

남자 지금 아무도 없을 텐데….

여자 그래도 혹시 모르니까 일단 가봐야지. 1차도 힘들게 됐는데… 아빠 어떻게 안 될까?

남자 지금 어떻게 가? 사방이 바다로 막혀있고 교통수단도 없는데….

여자 비행기만 있으면 딱인데….

남자 포기해라. 간다고 해도 아무도 없을 테고, 갈 방법도 없고….

여자 나갔다 올게.

남자 어디 가는데?

여자 혹시 그 남자라면 가능할지 몰라.

남자 누구?

여자 노랑머리. 신의 아들이라며…?

남자 그거야….

여자 간다.

남자 야! 저게 미쳤나?

여자, 나가고 남자 혼자 남는다.

남자 또 혼자네….

암전.

이른 아침.

남자, 뗏목을 만들고 있다.

잠시 후 여자, 동굴 안으로 들어온다.

남자 뭐야! 너 이제 들어오는 거야? 넌 여기서도 외박을 하냐?

여자 ….

남자 왜 안 들어왔어? 집을 안 들어오는 딸은 봤어도 동굴에
안 들어오는 딸은 네가 처음일 거야.

여자 그 사람 집에 갔어.

남자 그 사람? 누구?

여자 노랑머리.

남자 뭐? 그럼 남자랑 외박을 한 거야?

여자   나도 이제 어린애가 아니야. 내 일은 내가 알아서 해.

남자   그래, 널 저 바다 건너서 데려다준대?

여자   못 만났어.

남자   그럼 바로 들어와야지, 밤새 뭐했어?

여자   그냥 기다리다가 잠들어버렸어.

남자   어디서?

여자   그 집에서.

남자   그 집이라니? 노랑머리 집?

여자   응.

남자   어디에?

여자   저기.

남자   저기 어디? 너 거짓말하는 거 아냐?

여자   큰 떨기나무 밑.

남자   떨기나무가 집이야?

여자   거기서 처음 봤다니까… 근데 이상하다. 잠들었는데 꿈에서 그 사람을 만났어.

남자   뭐? 꿈에서?

여자   꿈에서 그 사람과 토론을 했어.

남자   무슨 토론? 백분 토론이라도 한 거야?

여자   인류의 미래에 대해서.

남자   그 사람이 뭐라고 했는데?

여자   역사를 뒤로 돌리겠대. 인류가 계속 문명을 발전시키면 오히려 멸망한다는 거야.

남자   그래서 어떻게 한다고?

여자   다시 원시시대로 회귀를 해야 한다는 거야. 순수한 자연의 세계로….

남자   지금 그렇게 됐잖아. 모두 다 나무로 돼버렸으니….

여자   그러니까 지금이 시작이래. 자동차와 매연 뿜어대는 공장을 없애고 옛날처럼 슬로우 생활로 돌아가서 채집이나 수렵을 통해 끼니를 해결하고… 근데 문제가 하나 있어. 지금 사람이 없잖아. 그래서 내가 아이를 낳아야 한다는 거야. 인류의 미래를 이끌어갈 아이를 낳아서 길러야 한다는 거야.

남자   남자도 없는데 어떻게 아이를 낳아.

여자   아빠는 남자 아니야?

남자   하하, 얘 좀 봐. 내가 남자야? 아빠지.

여자   그렇긴 하지만 아무튼 남자는 남자잖아.

남자   아무래도 그건 개꿈 같다. 잊어버려.

사이.

여자   지금 뭐 만들어?

남자   뗏목 만들고 있어. 네 소원이라는데 아빠로서 노력은 해봐야지.

여자	이걸로 뜰까?
남자	나도 몰라, 해보는 거야.
여자	근데 바다 건너 육지로 가면 사람이 있을까?
남자	글쎄다. 하지만 사람은 없더라도 여기보다는 낫겠지.
여자	맞아. 여긴 살 곳은 못돼. 알았어. 언제 출발해?
남자	내일. 필요한 것 챙겨. 비상식량도 준비하고⋯.
여자	알았어.
남자	근데 이게 무슨 냄새지? 아무래도 너한테서 나는 것 같다. 옷 벗어라.
여자	응?
남자	빨래 좀 해야겠다. 며칠째 입고 있었으니⋯ 얼른 벗어봐.
여자	갈아입을 옷이 없는데⋯.
남자	일단 내 옷 입고⋯.

남자, 배낭에서 츄리닝을 꺼낸다.

| 남자 | 이거 입고 있어. |

여자, 옷을 벗는다.

| 여자 | 아저씨, 보지 마세요. |
| 남자 | 알았어. 얼른 갈아입어. |

사이.

남자   그나저나 이걸 어떻게 빨지?

여자   밖에 가면 폭포 있어.

남자   폭포?

여자   나가서 쭉 가면 큰 바위가 있고 거기서 우측으로 내려가면 보여. 난 피곤해서 한숨 잘래.

남자   나 혼자 하라고?

여자   아, 난 피곤하다니까… 잠을 못 잤어.

남자   야, 여자 속옷까지 내가 빨라고?

여자   내가 여자야? 딸이지.

남자   그래도 이건….

여자   (자는 척한다)

남자   휴우….

남자, 나가고 여자는 눕는다. 여자, 잠시 후 일어난다.

여자   에이, 답답해. 나 혼자라면 다 벗고 살고 싶다. 그러면 뭐 남 눈치 볼 일도 없고 윤리, 도덕도 필요 없고, 닥치는 대로 내 맘대로 살고… (츄리닝을 벗는다) 아, 편해. 피곤한데 잠은 안 오고, 먹을 건 없고… 아, 따분해. (바닥에 놓인 성경책을 발견) 교회도 안 나가면서 성경은 꼭 가지고 다녀요. 아무튼 사이비 교인들이 너무 많아. 어디 보자. 신약은 그래도 볼만한데, 구약은 너무 지루해. 창세기… 태초에 하나님이 천지를 창조하시니라. 하나님이 이르시되 빛이 있으라 하시니 빛이 있었고… 뻔한 얘기. (책장을 넘긴다) 롯이 소알에 거하기를 두려워하여 두 딸과 함께 소알에서 나와 산에 올라 거하되 그 두 딸과 함께 굴에 거하였더니 큰 딸이 작은 딸에게 이르되 우리 아버지는 늙으셨고 이 땅에는 세상의 도리를 좇아 우리의 배필 될 사람이 없으니 우리가 우리 아버지에게 술을 마시우고 동침하여 우리 아버지로 말미암아 인종을 전하자 하고 그 밤에 그들이 아비에게 술을 마시우고 큰딸이 들어가서 그 아비와 동침하니라. 아빠와 동침…? 성경이 이래도 되나… 근친상간이 허용됐다는 거네… 에이, 그래도 그렇지, 어떻게 아빠와… 그래도 세상에 남자가 한 명밖에 없다면…? (사이) 아니야, 그래선 안 되지.

남자, 안으로 들어온다.

여자　(급히 츄리닝으로 몸을 가린다) 아!

남자　아, 미안….

여자　왜 왔어?

남자　아니야. 이따 올게.

남자, 다시 밖으로 나간다.

여자　불편해….

암전.

남자와 여자, 둘은 물에 흠뻑 젖어서 굴 안으로 들어온다.

남자　아, 죽을 뻔했다.

여자　으 추워. 저체온증 올 것 같아.

남자　옷 갈아입고 불 좀 피우자.

둘은 옷을 갈아입는다. 남자는 불을 피운다.

남자　(배낭에서 술을 꺼내온다) 추울 땐 술이 최고야. 체온을 올
려주지.

여자　술이 남아 있었어?

남자　자. (술을 컵에 따라준다)

여자　뭐 안주할만한 것 없을까…?

남자　그냥 마셔.

여자　빈속에? 그럴 순 없지.

여자, 배낭에서 뭔가 꺼내온다.

남자　뭐야?

여자　비상식량.

남자　오징어? 그게 있었어?

여자　아빠, 한잔 더.

남자　응.

여자　우리 어쩌지? 여기서 계속 살아야 하는 거야?

남자　담에 또 시도해봐야지.

여자　그러다 진짜 빠져 죽으면 어쩌려고….

남자　아무튼….

여자　그냥 여기서 사는 게 낫겠네. 우린 언제까지 살 수 있을까? 이러다 난 처녀귀신 되겠다.

남자　네가 처녀야?

여자　나야말로 순수한 천연 처녀지.

남자　지금까지 뭐했어? 나이가 서른이 넘었는데 처녀라니….

여자　공부만 하느라….

남자　여자가 공부해서 뭐해? 시집만 잘 가면 되지. 근데 이제 어쩌냐? 남자라곤 하나도 남아 있지 않으니….

여자　그러니까요, 연애나 실컷 할 건데… (술을 들이킨다) 아빠, 한잔 더!

남자　또?

여자	괴롭고 슬플 땐 술이 최고야. 아빠 우린 게임할까?
남자	무슨 게임?
여자	술 마시기 게임. 이 동전을 던져서 앞면이 나오면 아빠가 마시고, 뒷면이 나오면 내가 마시는 걸로….
남자	뭐 취할 일 있어?
여자	이 상황에선 맨 정신이 오히려 문제야. 희망이 남아 있지 않은 자에겐 환각만이 있으리라….
남자	넌 벌써 취한 것 같다.
여자	자, 내가 던집니다. (사이) 아빠 쪽이야. 마셔.
남자	어.
여자	이제 아빠가 해봐. (사이) 또 아빠네! 얼른 마셔.
남자	뭐야? 계속….
여자	자, 던집니다. (사이) 아, 이번엔 나다.
남자	자, 마셔. (사이) 이번엔 내가 던진다.
여자	아빠네. 마셔… (사이) 잘 봐, 내 차례야. (사이) 또 아빠다!
남자	아, 그만하면 안 돼?
여자	아직도 술이 많이 남았습니다. 끝을 봐야죠.
남자	그래. 끝을 보자. 자, 던진다.
여자	오! 또 아빠네. 마셔….
남자	아, 이제 올라온다.
여자	벌써 취한 거야? 좀 쉬었다 할까?
남자	난 말이야. 하나님이 사람들을 나무로 만들어 버린 것,

차라리 잘됐다고 본다.

여자 왜? 지금 엄청 불편해 죽겠구만….

남자 그래야 새로운 세상을 만들 수 있지. 너 네로 황제 알지?

여자 알지. 로마를 불태워버린 폭군.

남자 하지만 나도 네로처럼 세상을 한번 불 태워버리고 싶다.

여자 왜? 네로는 로마가 불타는 걸 보고 시도 짓고 노래도 불렀다잖아. 좀 정신이 이상한 거 아냐?

남자 우리 도시를 봐라. 도시 미관은 생각지 않고 나날이 높아져만 가는 빌딩들, 또 거긴 가진 자들만 들어가 살 수 있지, 물가는 계속 오르고, 빈부격차는 커지고 권력자들은 전쟁만 하려고 하고… 그냥 한번 싹 밀어버리고 새롭게 시작했으면 좋겠다는 생각이 들어.

여자 아빠, 어떤 세상을 만들고 싶은데?

남자 자본주의도 사회주의도 아닌 새로운 세상.

여자 그동안 오랜 시행착오 끝에 만들어진 체제인데 뭐 새로운 게 있겠어? 거기서 거기지. 어떤 시스템이든 불공정과 불평등은 있을 것이며… 그것보다 인간 자체가 문제야. 그렇게 만든 사람한테 따져야지.

남자 그래서 하나님에게 따지기라도 하란 말이야?

여자 인간 원래 DNA 본성이 사악해. 그건 어쩔 수 없어. '사천의 선인' 이라는 연극 알아?

남자 뭐야? 난 첨 들어 보는데….

여자 내가 동아리 할 때 공연한 작품인데, 어느 날 하늘의 신들이 이 지구상에 착한 사람이 존재하는지 살피러 내려왔어. 근데 아무도 반갑게 맞이하는 사람이 없는 거야. 그런데 유일하게 가난한 창녀 센테가 신들에게 먹을 것과 잠자리를 제공해.

남자 원래 가난한 사람들이 더 착하지.

여자 말 끊지 말고 들어봐.

남자 그래서?

여자 그래서 신들은 드디어 착한 인간을 발견했다고 좋아하고 감사의 표시로 센테에게 약간의 돈을 줬어. 센테는 그 돈으로 조그마한 담뱃가게를 열었지. 그런데 그 소식을 듣고 여기저기서 가난뱅이들이 몰려와 빈대를 붙는 거야. 그래서 살기가 어려워진 센테는 고민하다 할 수 없이 자신의 정체를 숨기고 삼촌으로 변장하여 가난뱅이들을 쫓아냈어. 결론이 뭐냐면 착해서는 이 세상은 살아갈 수 없다는 거야. 법정에 선 센터는 이 세상에선 어쩔 수 없이 악해야만 살 수 있다고 신들에게 하소연을 해. 이 세상은 결코 착한 인간은 없어. 인간 본성이 악하니까.

남자 그래서 그동안 꾹 참다가 드디어 하나님이 노한 거야. 이왕 이렇게 된 마당에 새로운 미래를 만들어야 돼. 그래서 넌 우리의 미래야.

여자 무슨 미래야? 아빠 죽고 얼마 지나지 않아 나도 죽으면 인류는 끝인데….

남자　뭔가 하나님의 원대한 계획이 있을 거야. 좀 기다려보자.

여자　아, 그런 걸 생각하면 머리 아퍼. 술이나 마셔요. 이제 나
　　　할 차례야.

여자, 동전을 바닥에 던진다.

여자　옳지. 또 아빠다.

남자　또 나야? 이러다가 취하겠다.

여자　좀 취하면 어때? 할 일도 없는데… 자, 받아요. 이제 아빠
　　　차례야.

남자　뭐야? 또 나야. 이거 동전이 문제 있는 거 아냐?

여자　동전에 무슨 문제가 있어? 자, 마셔요.

남자　이제 취한다. 아, 피곤해. (뒤로 벌렁 드러눕는다)

여자　그만 하게?

남자　응. 그만. 아, 덥다. (웃옷을 벗어 던진다)

여자　(술병을 집어 든다) 어? 벌써 다 먹었네.

여자, 한쪽으로 술병을 치운다.

여자　아빠, 자?

남자, 말이 없다.

여자, 취해 누워있는 남자를 봐라본다.

서서히 남자에게 다가간다.

암전.

몇 달 후. 동굴.

남자와 여자, 식사를 하고 있다.

남자　　어때?

여자　　먹을 만해. 낚시 실력이 많이 늘었네.

남자　　소금이 없어서 싱거울 거야.

여자, 갑자기 헛구역질을 한다.

남자　　왜 그래? 상했어?

여자　　아니, 그건 아니고….

여자, 삼킨 것을 뱉고 물을 마신다.

남자　　어디 안 좋아?

여자 아빠….

남자 왜 그래?

여자 아무래도 나 임신했나봐.

남자 뭐?

여자 한달 동안 생리도 없고… 이건 분명 입덧이야.

남자 남자도 없는데 무슨 임신을 해?

여자 그냥 임신됐어.

남자 어떻게? 너 혹시 노랑머리?

여자 아니야.

남자 너 그때 외박한 날…?

여자 아니라니까. (사이) 성령으로 잉태했나봐.

남자 성령? 네가 무슨 성모 마리아라도 되는 줄 알아?

여자 어느 날 자고 있는데… 갑자기 빛이 환하게 비치더니 그
      분이 내 위에 누우셨어. 그분은 환하게 웃으면서 내 몸을
      어루만지며 사랑을 해주셨어.

남자 무슨 잠꼬대 같은 소리 하는 거야? 너 솔직히 말해. 누구
      야?

여자 맘대로 생각해.

남자 허, 이런… 어떻게 된 애가 아빠가 누군지도 모르고 아이
      를 가져?

여자 이 애 낳을 거야.

남자 뭐? 아니 애비가 누군지도 모르는데 낳는다고? 너 제 정

신이야?

여자 낳아야지. 어떻게 생긴 아이인데… 인류의 씨를 이어야
돼. 그리고 아빠 죽으면 난 혼자 어떡해… 자식이라도 있
어야지. 그리고 낙태는 죄악이야. 그분이 그랬어.

남자 그분이라니…?

여자 하나님.

남자 하나님? 하나님이 너에게 나타났다는 거야?

여자 응. 내게 나타났어. 그리고 아일 낳으라고 했어. 이 아이
는 성령으로 잉태한 거라구.

남자 닥쳐! 무슨 성령 타령하고 있어!

여자 아빤 지금 하나님을 모독하고 있다는 것을 알아야 해. 사
실 하나님이 뭘 원하겠어? 이대로 우리가 마지막 인간이
되길 원치 않을 거야. 전능하신 하나님인데 무얼 못하겠
어? 성령이 아니더라도 어떻게 해서든 애를 갖게 했을 거
야. 그러니 아빠도 하나님의 뜻이려니 생각하고 받아들여.

남자 그렇다면 하나님이 계시했다는 증거를 보여 봐!

여자 아빤 눈에 보여야 믿어? 믿음은 그냥 믿음이야. 하나님이
모두 나무로 만들었다며? 아빠 직접 하나님을 봤어? 그
래서 그렇다고 믿는 거야?

남자 난 네가 무슨 말을 하는지 모르겠다. 무슨 궤변을 늘어놓
는 건지….

여자 그만 얘기 해. 나 피곤해. 아무튼 아이는 낳을 테니까 그

런 줄 알아. 내가 알아서 할 거야.

남자　이건 분명히 그놈이 틀림없어. 내 이놈을….

여자　아빠, 어디 가!

남자, 밖으로 뛰어 나간다.

여자　미안해, 이럴 수밖에 없었어. 나 혼자 살아갈 순 없잖아. 그때 아빠는 남자가 아니라 인류의 의무를 수행하는 사제였고 난 술의 힘을 빌려 마법의 순간을 만든 거야. 특별한 상황에서는 불가능이란 없어. 어느 누구도 날 비난하지 못할 거야. 그깟 도덕적 관점 때문에 이 위대한 사명을 저버릴 수 없어. 후세 사람들은 날 수치스러운 악녀라 아니라 인류의 새로운 시조로 기억할 거야. (자신의 배를 어루만진다) 그렇지 아가야? 넌 신성한 순간에 성령으로 잉태한 거야. 귀하고 성스러운 아기지. 잘 자라거라. 무럭무럭 커야지. 사랑스런 우리 아가….

암전.

며칠 후, 동굴.

여자, 동굴 안으로 지친 표정으로 들어온다.

여자   아니 도대체 어디 간 거야? 아, 힘들어. 배도 고프고….

잠시 후 남자, 안으로 들어온다.

여자   아빠! 홀몸도 아닌데 나 혼자 두고 며칠째 안 들어오면 어떡하란 거야!

남자   노랑머리 만났다.

여자   뭐? 노랑머리? 사실이야?

남자   그래. 만났어. 남자가 일을 저질렀으면 책임을 져야지.

여자   진짜? 어디서 만났는데?

남자   네가 말한 그 떨기나무 아래서 그놈이 나타날 때까지 기다렸어.

여자   그래서 거기서 만났어?

남자   기다리다가 지쳐서 잠깐 잠이 들었는데, 바람이 크게 일더니 떨기나무에 불이 붙었어. 근데 신기하게도 그 나무가 불만 붙고, 타서 없어지지 않는 거야. 그래서 왜 그런지 보려고 가까이 갔는데… 그놈이 나타난 거야.

여자   얼굴도 봤어?

남자   아니, 보이진 않고 목소리만 들렸어.

여자   뭐라고 그랬는데?

남자   네가 잉태한 아이가 내 자손이라는 거야. 그래서 잘 거두고 키워서 이 땅에 번성하라는 거였다. 근데 그 음성이 어찌나 위엄 있고 강렬했던지 내가 도저히 거부할 수 없었어.

여자 손에 들고 있는 건 뭐야?

남자 새 계명을 주셨다. 십계명.

여자 뭐? 십계명? 그럼 다시 구약시대로 돌아가는 거야?

남자 근데, 계명이 예상 밖이야. 자 봐.

여자 아무 것도 없는데? 어떻게 된 거야?

남자 우리보고 정하라는 거야.

여자 뭔 소리야?

남자 어차피 지키지 않을 것. 우리가 할 수 있는 것을 정해보라고 하셨어.

여자 뭐? 이제 하늘나라도 민주화 된 거야?

남자 그런 셈이다. 땅에서도 민주화, 하늘에서도 민주화.

여자 하나님 멋지다. 내 스타일이네.

남자 생각나는 거 있음 말해봐.

여자 내가? 그리 간단한 일은 아닌 것 같아. 새로운 인류의 계명이잖아. 좀 떨리는데… 그리고 이건 내 생각인데 옛날 십계명을 보면 자본주의 색채가 강해.

남자 왜?

여자 도둑질하지 마라, 간음하지 마라. 부모를 공경하라… 사유재산의 유지와 개인 소유를 강조하고 있거든.

남자 오, 굉장한 발견이다. 그래서 이젠 사회주의로 가자는 거야?

여자 가족이라는 개념 자체가 개인 소유의 집약이야. 내 집, 내 아내, 내 자식, 내 재산… 인간도 물건도 다 개인 소유물이야. 그래서 개인 소유를 인정하지 않는 사회주의국가는 종교를 인정하지 않잖아.

남자 넌 인간과 동물이 다른 점이 뭔지 알아?

여자 인간이 동물과 다르다고? 인간도 동물이지. 서로 으르렁거리며 싸우고, 죽이고, 사랑하고 새끼 낳고….

남자 인간은 가족이 있어.

여자 동물도 있어.

남자 그건 가족이라고 볼 수 없지. 개들을 봐. 질서가 없잖아. 에미, 아비도 몰라보고 아무나 교미하고 족보도 없고….

여자 인간은 그러면 안 돼? 인간이 동물보다 반드시 낫다는 생각을 버려. 동물에게도 배울 게 많아. 동물에게도 나름 질서가 있고… 우리 시각으로 동물을 평가해선 안 돼.

남자 너 생각이 좀 위험하다.

여자 진취적이지.

남자 상황논리에 빠져있어.

여자 궁극적으로 옳고 그른 건 없어. 상황에 맞춰 사는 거야. 도덕과 법은 만들기 나름이야.

남자 서로 합의가 돼야지. 함께 살려면….

여자 아빠하고 나만 합의하면 되겠네. 둘뿐이니….

남자 그래야 되겠지.

여자 아빠, 이제 사람들은 다 사라지고 우리 둘뿐이잖아. 그러니까 지난 것들은 다 잊고, 새로운 룰을 만들자.

남자 무슨 룰?

여자 우리 둘만의 룰을 만들자는 거지. 새로 태어날 아이를 위해. 아빠 말대로 자본주의도 사회주의도 아닌 뭐가 있겠지.

남자 그리 간단한 문제는 아니지.

사이.

여자 이제 내 말을 믿는 거지? 성령으로 잉태했다는 거….

남자 아무튼 몸 조심해.

여자 말을 많이 했더니 배고프네.

남자 그래?

남자, 비닐봉투를 가지고 온다.

남자 자! 국 끓이자. (미역을 꺼내 보인다)

여자 미역? 아빠가 따왔어?

남자 응. 미역이 여자에게 좋잖아.

여자 아빠가 날 인정한다는 거네. 고마워.

남자　아직은 아니거든….

남자, 불 피울 준비를 한다. 기침을 자주 한다.

여자　왜 그래? 어디 안 좋아? 감기?

남자　밖에 좀 있었더니….

여자　물엔 왜 들어갔어? 미역 안 먹어도 되는데….

남자　괜찮아지겠지.

여자　난 아빠 없으면 안 돼. 건강해야지. 아빠도 이젠 적은 나
　　　　이가 아니야.

남자　갑자기 왜 그래? 안 하던 소릴 다하고… 고기를 좀 넣어
　　　　야 맛있는데….

여자　동물들은 살아 있을까?

남자　넌 안 봤어? 난 아까 고라니도 봤어.

여자　그것 말고 소나 돼지….

남자　글쎄… 아직은 모르겠다.

여자　우리가 없으면 아마 동물의 왕국이 되겠지? 동물이 지구
　　　　를 지배한다… 생각만 해도 끔찍하다.

남자　우리가 사라져도 하나님이 또 새 인간을 만들어 놓을지
　　　　도 모르지.

여자　어떻게?

남자　하나님은 못하는 게 없다잖아. 흙으로 형체를 빚은 다음

입김을 훅 불어 넣으면 금방 사람이 될 거야.

여자   간단하네. 입김만 훅 불어 넣으면 사람이 되고… 우리도 그랬으면 좋겠다. 힘든 과정 없이… 여자들이 얼마나 힘든지 알아? 열 달 동안 무겁게 배에 담고 있다가, 죽을 고비를 넘겨야 아이가 나오니….

남자   넌 꼭 해 본 사람처럼 말하네.

여자   나도 곧 그럴 거니까….

남자   왜 겁나?

여자   그래, 무서워. 그러다가 죽기도 하니까… 아빠 그러지 말고 우리도 한번 해보자.

남자   뭘?

여자   흙으로 사람을 만들어 보는 거야.

남자   장난해? 우리가 하나님이야?

여자   그냥 해보자. 재밌잖아. 딱히 할 것도 없고….

남자   그건 어린 애들이나 하는 거야.

여자   꼰대 같은 소리 하지 말고. 잠깐만 기다려.

남자   야, 어디 가?

여자, 밖에 나가서 진흙을 가지고 들어온다.

여자   자, 이걸로 각자 만들고 싶은 사람을 빚어 보는 거야.

남자   뭐라고?

여자　난 정했어. 아빠?

남자　….

여자　얼른 정해봐.

남자　(마지못해) 그, 그래.

여자　난 내 첫사랑을 만들 거야.

남자　뭐? 네 첫사랑이 누군데?

여자　누구냐면… 대학 신입생 때 같은 동아리 선배 오빠.

남자　네가 일방적으로 쫓아 다녔겠지.

여자　그 오빤 춤도 잘 췄어. 축제 때 그 오빠랑 춤출 기회가 있었는데 턴 하다가 오빠 발을 밟아 버렸어.

남자　네 하는 일이 항상 그렇지….

여자　아빤 첫 사랑이 누구야?

남자　긴머리.

여자　긴머리? 누구?

남자　대학교 4학년 때 우연히 캠퍼스에서 봤어.

여자　첫사랑이 대학 4학년 때라고? 하긴 늦게 터진 바람이 무섭다고 하더라. 근데 남자들은 왜 긴머리 여자를 좋아하지? 여성적이어서? 긴머리가 여성스럽다는 편견을 버려. 그 여자도 아빨 좋아했어?

남자　아니 내가 일방적으로….

여자　아빠 항상 하는 일이 그렇지. 짝사랑 전문 배우해도 성공할 거야. 만나보긴 했어?

남자	내가 표정이 너무 어둡다고 싫다고 하더라. 딱 두 번 만나고 못 만났지.
여자	그러니까 채인 거네. 아, 안타깝다. 지금도 생각 나?
남자	가끔은… 어떻게 변했을까 궁금하기도 해.
여자	원래 첫사랑은 이루어지지 않는대. 그래서 항상 애틋하고… 엄마는 어떻게 만났는데?
남자	엄마는 그 여자 같은 과 후배였어.
여자	꿩 대신 닭이었네?
남자	무슨 … 네 엄마가 훨씬 더 이뻤어.
여자	입에 침이나 바르고 거짓말 하셔.
남자	정말이야.
여자	자, 다 됐다. 아빤?
남자	나도 거의….
여자	그럼 이제 생기를 불어 넣어볼까… 후우… 아빠도 해봐.
남자	후우….
여자	오! 우리가 인간을 창조했다. 나도 하나님이다.

여자, 흙인형을 들고 빙빙 돈다.

남자	야! 어지럽다. 가만 좀 있어!
여자	아저씨, 셀 위 댄스?
남자	왜 그래?

여자 어때, 춤 한번 출까? 서로 첫사랑이라고 생각하고….

남자 내가 네 첫사랑이라고?

여자 왜 싫어?

남자 아니, 그건 아니고 난 춤 못 추는데….

여자 왈츠는 할 수 있잖아. 하나, 둘, 셋… 이렇게 3박자만 맞추면 돼.

남자 야, 누가 보면….

여자 이 세상은 우리 둘뿐이야. 남자 한 명, 여자 한 명. 자, 본능적 감각을 살려서….

음악이 흘러나온다.

암전.

몇 달 후. 여자는 배가 상당히 불러있다.

남자는 기침을 하며 밖에서 들어온다.

여자 몸도 안 좋은데 가만히 있지, 왜 돌아다녀?

남자 내가 가만히 있으면 둘 다 굶어 죽지. 너도 거동이 힘든데….

여자 그건 뭐야?

남자   새알 같은데, 삶아 먹자.

여자   아빠 좀 쉬어. 내가 할게.

남자, 바닥에 눕는다. 기침을 심하게 한다.

여자   감기가 오래 가네. 혹시 다른 병 아니야?

남자   무슨…?

여자   폐렴 아닐까?

남자   글쎄다.

여자   병원에 가봐야 하는데….

남자   그러게 말이다.

여자   이럴 땐 헬리콥터가 있으면 좋은데… 아님 나르는 양탄자나….

남자   헛소리 그만 하고, 물 좀 줄래?

여자   응. 잠깐만….

여자, 남자에게 물을 가져다준다.

여자   물도 얼마 없어.

남자   비가 와야 하는데….

여자   아빠, 우리 아이 이름을 지어야 하지 않아?

남자   벌써?

여자	이제 얼마 안 남았어. 뭐라고 하지? 아들일까, 딸일까?
남자	말 시키지 마, 나 힘들어.

사이.

여자	아이 옷도 있어야 하는데… 뭘 입히지? 짐승 가죽? 타잔 하나 나오겠군. 우유병도 필요하고, 기저귀, 침대, 유모차… 요즘 유모차는 다들 좋은 거 가지고 다니던데, 최소한 백만 원 이상은 돼야 할 거야. 아, 막막하다. 아빠, 듣고 있어? 자?

남자, 기침을 심하게 한다.

여자	괜찮아?
남자	내가 아무래도 죽으려나 보다.
여자	죽기는… 그깟 감기 가지고… 따뜻하게 물 끓여서 줄까? (다가가 남자 머리를 만진다) 열이 많네.

여자, 수건에 물을 적셔가지고 온다.
남자, 기침이 더 심해진다.

여자	큰일이네. (남자 머리에 적신 수건을 올린다) 어때? 괜찮아?

남자 혹시 길이 열려 집에 가거든 콩이 밥 좀 챙겨줘라.

여자 아, 콩이… 어떡해? 죽지 않았을까?

남자 콩이도 새끼 낳을 때가 됐을 텐데… 배가 불룩했거든. 내가 챙겨줘야 하는데….

여자 아빠, 지금 콩이 걱정할 때야? 아빠 몸이나 신경 써.

남자 그리고 서재에 가면 내 노트북 있어.

여자 노트북은 왜?

남자 노트북 열면 바탕 화면에 내 책 원고 있어.

여자 무슨 책?

남자 내가 쓴 거야. 그거 출판사에 넘겨서 출판하도록 해. 나중에 책 나오면 인세는 네가 가지고… 사후 50년까지 저작권은 너한테 있어. 베스트셀러가 돼야 네가 편하게 살텐데….

여자 대체 무슨 책인데 그래? 그리고 아무도 없는데 출판은 무슨….

남자 언젠가 사람들이 늘겠지. 내용은 별 거 없어. 여자와 같이 사는 법에 관한 거야. 내가 그동안 여자와 잘 살지를 못해서 그에 관한 실패담이지.

여자 무슨 뚱딴지같은 소리야? 여자와 같이 사는 법이라니….

남자 하나님이 남자의 갈비뼈를 떼어내 여자를 만들었다고 하는데 그건 틀린 말이야.

여자 누가 그래?

남자　하나님이 내게 고백했어.

여자　하나님이 아빠 친구라도 돼? 그런 걸 고백하게….

남자　친구와 마찬가지지. 서로 속 깊은 얘기도 하고 술도 같이
한잔하니까….

여자　못 말려….

남자　갈비뼈라고 한 건 여자가 약하니까 잘 보살피라는 의미
에서 한 말이고, 실은 여자도 흙으로 만들었대. 똑같은
성분으로….

여자　그래서?

남자　남자가 여자와 같이 살려면 가루가 되어야 돼. 돌멩이가
수없이 깨지고 부서지고 닳아져야 가루가 되듯이… 나
도 죽으면 가루가 되겠지만 다시 태어나도 또 가루가 되
어 여자와 같이 살련다. 언제 살아도 사는 건 불안하고
두려워. 우리가 몇 만 년이 지나도 그 정체를 알 수 없는
광활한 우주에서 누구 한 명 정도는 곁에 있어야 되지
않겠니?

　　　남자, 다시 기침을 계속 한다.
　　　호흡이 거칠어지며 혼수상태에 빠진다.

여자　아빠, 왜 이래? 정신 차려! 아빠!

여자에게 출산의 진통이 시작된다.

여자   아, 배야… 왜 이러지? 아직 아닌데….

남자   ….

여자   (보이지 않는 어떤 인물을 향해) 오셨어요? 당신이군요. 왜
이제 오는 거예요? 얼마나 기다렸지 알아요? 얼굴이 왜
이래요? 많이 여위었어요. 가까이 오세요. 내 손… 손을
잡아줘요. 아, 죽을 거 같아요! (진통이 심해진다) 아, 아….

마침내 아이의 울음소리가 들린다.

여자   아빠 보고 있지? 노랑머리야.

남자, 희미하게 웃으며 숨을 거둔다.

암전.

끝.

평화동에 사랑이 있습니다

등장인물

동준
민경
기훈
미스 홍
최 형사
송 박사
상철
연숙
김 여사
허 원장
박 사장

다용도로 쓸 수 있는 장방형 공간. 커피숍 같은 편안한 분위기.
자유롭게 놓인 의자, 두세 개의 테이블이 놓여 있다.

최형사   여긴 취조실이 아닙니다. 상담실이라고 하는 게 좋겠죠.
우리는 새로운 심문형태를 마련했습니다. 사건이 일어나
면 용의자들에 대해 개별 조사를 하는 게 일반적이지만
이번 평화동 방화사건에 대해서는 색다른 심문형태, 즉
집단심문을 택하기로 했습니다. 여기에 대해 개인정보
침해니, 인권침해니 하며 논란이 많았으나 우리는 결국
허락을 받아냈습니다. 이번 사건 해결을 위해 우리는 범
죄심리분석가 한 분을 지원받아 사건 심리에 들어가기로
했습니다. 따라서 여기에 방화사건 용의자 5명을 한 자리
에 불러 모았고, 공정한 판단을 위해 마을 주민을 대표하
여 배심원 3명을 참석시켰습니다. 우선 배심원들의 이해
를 돕기 위해 사건 개요를 말씀드리죠.
사건 발생 시기는 작년 12월 말에 평화동 1가, 카페 '종점'
에서 화재가 발생했습니다. 카페 안에는 남자 1명만이 있
었고 불이 나자 질식해 숨졌습니다. 그건 카페의 입구가
밖에서 잠겨 있어서 밖으로 탈출하지 못해 그런 변을 당한
겁니다. 화재는 자연발화인지, 누군가에 의한 방화인지를
밝혀야 하며 최종 목표는 이 사건의 범인을 찾는 겁니다.
배심원은 평화동에서 반찬가게를 하는 김 여사와 미용실

을 운영하는 허 원장님, 슈퍼를 하시는 박 사장님을 모셨습니다. 지금부터 사건 심리는 저와 심리상담사 송미희 박사님이 진행할 겁니다. 송 박사님, 먼저 진행하시죠.

상철 잠깐만요. 저는 친구 따라 가끔 그 카페에 들렸을 뿐인데 굳이 이 자리에 있어야 하나요? 필요할 때만 참고인으로 부르면 안 될까요?

최형사 그 카페에 드나들었던 사람은 모두가 용의선상에 있습니다. 사건 해결을 위해서 직간접으로 관련된 사람은 모두 조사가 필요한 상황입니다. 협조해주십시오.

상철 그래도 이건….

동준 가만히 좀 있어.

상철 이 자식아! 다 너 때문이야.

최형사 자, 조용히 해주세요. 박사님 빨리 진행하시죠.

송박사 안녕하세요? 송미희라고 합니다. 자, 너무 긴장하지 마시고 이건 무슨 조사나 취조라고 생각하지 마시고 편하게 서로 속마음을 털어놓고 이야기하시면 좋겠어요. 그런 의미에서 우선 먼저 긴장을 풀 겸 릴렉스 한번 할까요?

김여사 릴렉스가 뭔가요?

허원장 그냥 따라서 해요.

송박사 자, 양팔을 높이 들고 기지개 한번 펴보세요. (사이) 네. 좋아요. 자, 목도 돌리고, 어깨도 풀어 주고….

김여사 아이고, 뼈마디 삐걱대는 소리가 나네….

허원장 나이 먹으면 다 그래요. 평소 운동을 해야지 안 그러면…
사장님 뱃살은 언제나 들어갈려나….

박사장 사돈 남말 하지 말고… 그짝도 만만치 않아요.

송박사 자, 시원하시죠? 그럼 시작하기 전에 핸드폰은 모두 걷도
록 하겠습니다.

허원장 아니 우리가 학교 학생들도 아니고 핸드폰을 왜 걷어요?

송박사 여기서 나눈 이야기는 모두 보안이 되어야 해서요. 또 한
번쯤 핸드폰 없이 지내보는 것도 좋은 경험이 아닐까요?

허원장 나 이따 전화오기로 했는데….

송박사 안 받으면 또 나중에 또 하지 않을까요. 너무 지나치게
다른 사람들을 배려하고 친절을 베풀 필요는 없는 것 같
아요.

박사장 맞아요. 난 핸드폰 던져놓고 보지도 않아요. 오든지 말든
지….

허원장 그건 핸드폰에 대한 예의가 아니죠.

송박사 잠시의 지루함도 참지 못하는 현대인들의 조급증… 그거
문제예요.

허원장 난 그거 없으면 불안한데….

김여사 빨랑 내요.

모두 핸드폰을 제출한다.

송박사 사건의 핵심 장소, 카페 '종점' 사장님은 누구시죠?

민경 저예요.

송박사 성함이 서민경 씨 맞죠?

민경 네.

송박사 카페 이름이 좀 특이하네요. 카페 '종점'. 버스 종점도 아니고… 무슨 사연이 있어서 그렇게 지은 건가요?

민경 이것저것 해보다가 이게 내 마지막 장사다 생각하고 그렇게 내걸었죠. 무슨 문제 있나요?

송박사 아니요. 'The end of the world'란 노래가 생각나네요. 알아요?

민경 ….

송박사 Why does the sun go on shining? Why does the see rush to shore? 당신 없는 세상은 끝이다… 오래된 노래죠.

사이.

송박사 가게는 언제 오픈했죠?

민경 2년 전에요.

송박사 원래 고향이 서울이군요. 어떻게 이곳까지 와서 가게를 차리게 됐나요?

민경 서울 살기가 너무 복잡하고 팍팍해서, 좀 조용한 곳에서 살아볼까 해서요. 그런데 어디나 사람 사는 곳은 똑같네요.

송박사   죽은 강기훈 씨와는 애인 사이였나요?

민경   한땐… 그랬죠.

송박사   민경 씨는 솔론데 어찌해서 유부남을…?

허원장   요즘 누가 그런 것 가리나요? 요즘 여자들은 남자가 능력만 있으면 총각이든 유부남이든 가리지 않아요. 하여튼 요즘은 애인 없는 사람 없어요. 초등학교 애들도 있는데….

김여사   갑자기 초등학생이 왜 나와요?

허원장   말이 그렇다는 거예요. 내가 미용실에 있으면 별 얘기를 다 들으니까요.

사이.

민경   가게에 자주 오는 손님이다 보니 그렇게 됐어요. 저에게 도움도 많이 줬구요.

송박사   도움이라면 어떤…?

민경   그런 것까지 말해야 하나요?

최형사   네. 수사에 필요합니다.

민경   손님 없을 때 와서 매상도 올려주고, 가끔 생활비도 주고….

허원장   잘 물었구만.

김여사   쉿!

송박사   그런 사람이 죽어서 안됐습니다. 사건의 실체를 꼭 밝혀야 되겠네요. 경찰은 이 사건을 방화범에 의한 것으로 무게를 두고 있습니다. 그렇죠? 형사님?

최형사   (긍정의 몸짓)….

사이.

송박사   강기훈 씨를 마지막으로 본 게 언제였죠?

민경   작년 12월 말쯤 저녁이요.

송박사   그날 저녁에 같이 있었나요?

민경   아니요. 저녁에 잠깐 보고 헤어졌어요.

송박사   각자 집으로 갔나요?

민경   저는 집으로 가고 그 사람은 가게에서 잤어요.

송박사   왜 집을 안 가고 가게에서…?

민경   시간도 많이 늦었고 피곤하다고 해서….

송박사   그런데 그 후에 안에서 불이 났고 강기훈 씨는 숨졌다. 너무 간단한데요.

민경   뭐가요?

송박사   서민경 씨가 범인이라구요.

민경   네?

송박사   아, 가능성이 크다는 겁니다.

민경　절 의심하는 거예요?

송박사　통계적으로 봤을 때 강력사건은 의외로 가장 가까운 사이에 있는 사람에 의해 발생되더라구요.

민경　그런데 어쩌죠? 전 아니거든요.

송박사　그럼 다른 누가 방화를 했든지 아님 강기훈 씨가 스스로 불을 질렀다는 건가요?

민경　그것까지는 전 모르죠. 수사를 하면 원인이 나오지 않을까요?

사이.

송박사　미스 홍이라고 했죠?

미스홍　전 아무것도 몰라요. 전 그냥 알바예요.

송박사　겁내지 마시고… 몇 가지만 물어볼게요. 미스 홍이 보기에 민경 씨와 강기훈 씨의 관계는 어땠나요?

미스홍　뭐 그렇고 그런… 서로 공생관계라고 할까요.

송박사　어떤 면에서…?

미스홍　언니 입장에서는 능력 있는 남자를 이용하고 강 사장님은 외로움을 달래고… 뭐 그런 거죠.

송박사　강기훈 씨는 아내가 있다면서요.

미스홍　와이프가 있다고 외롭지 않나요?

허원장　둘이 같이 있으면서도 외로운 건 진짜 외로운 거지. 슈퍼

　　　　　　사장님은 어때요?

박사장　뭐가요?

허원장　외롭지 않냐구요?

박사장　나야 뭐, 외로울 틈이 있나요? 맨날 가게 붙어 있느라….

김여사　쉬는 날은 뭐 하시고?

박사장　슈퍼 쉬는 날 봤어요?

허원장　좀 쉬면서 하세요. 술도 한잔 하면서. 이따 끝나고 한잔
　　　　　　할까요? 회에다 소주로….

박사장　전 막걸리만 마셔요.

　　　　　　사이.

송박사　미스 홍. 두 사람은 어떤 관계였죠? 진지했나요? 아님 단
　　　　　　지 엔죠이?

미스홍　언니는 진지했죠. 결혼까지 하려고 했으니까… 강 사장
　　　　　　님은 잘 모르겠어요. 와이프와 이혼한다고 하곤 자꾸 미
　　　　　　뤘으니까… 진짜 속마음은 모르겠어요.

허원장　남자들이야 다 도둑놈들이지, 입에 숟가락 들어갈 때와
　　　　　　나올 때는 다르니까….

김여사　그렇지 않은 사람도 있지요.

허원장　누구?

박사장　조용히 합시다.

사이.

송박사 강기훈 씨와 민경 씨는 주로 어디서 만났죠?

미스홍 평소엔 강 사장님이 주로 가게로 찾아왔고 쉬는 날이면 밖에서 만났던 것 같아요.

송박사 그럼 언니가 외박도 했나요?

미스홍 그거야….

송박사 네. 상상에 맡기죠.

허원장 물어보나마나 뻔한 걸 가지고….

김여사 뭐가요?

허원장 그런 거 있어요. 순진한 척하긴….

사이.

송박사 미스 홍은 애인 없어요? 좋아하는 사람이라도….

미스홍 있긴 하죠.

송박사 누구…?

미스홍 저기 시인님이요.

송박사 김동준 씨?

미스홍 네.

암전.

테이블과 의자를 활용하면 장소는 카페 '종점'으로 바뀐다.

미스홍　뭐하시는 분인지 물어봐도 돼요?

동준　한번 알아 맞춰봐.

미스홍　음… 화가 아니면 음악 쪽…?

동준　둘 다 아니야.

미스홍　그럼 뭐예요?

동준　맞춰보라니까.

미스홍　아저씨는 뭔가 분위기가 있어서요. 시인 같기도 하고…
　　　　　　난 분위기 있는 사람이 좋더라.

동준　그래?

미스홍　우리 사장 언니 좋아하죠? 그쵸?

동준　아니야.

미스홍　아니긴 뭐가 아니에요? 딱 보면 알지. 얼굴에 쓰여 있는
　　　　　　데… 근데 어쩌나… 우리 언니 애인 있는데… 돈도 많
　　　　　　고… 그래도 골키퍼 있다고 공 안 들어가는 건 아니니까
　　　　　　한번 대시해봐요, 남자답게….

동준　뭐하는 남잔데?

미스홍　잘은 몰라요, 건설 일 한다는데… 잘 나가는 것 같아요.
　　　　　　외제차 타고 다니고 나한테 처제라고 하면서 용돈도 자
　　　　　　주 주고….

동준　유부남 아니야?

미스홍　어떻게 알았죠?

동준　여자한테 씀씀이가 헤프고 지나치게 잘 하는 남자는 대부분 유부남이지. 하여튼 사랑도 부익부 빈익빈… 있는 놈들이 더 해.

미스홍　아저씬 솔로?

동준　그렇게 보여? 귀신이네.

미스홍　어쩌다? 노총각은 아닌 것 같고….

동준　한번 갔다 왔어.

미스홍　멋지다.

동준　멋져? 왜?

미스홍　싫어도 어쩔 수 없이 같이 사는 사람들 많잖아요. 체면 때문에, 자식 땜에, 돈 때문에… 그에 비하면 용감한 거죠. 난 아저씨 같은 스타일이 좋아요.

동준　왜?

미스홍　약간 우수에 차 있고 외로워 보이고… 근데 언니는 그런 스타일 안 좋아해요. 아저씨, 그러지 말고 나랑 사귀어요. 못 올라갈 나무 쳐다보지 말고….

동준　넌 안 돼. 너무 어리고 내 스타일도 아니고….

미스홍　왜 사람들은 기를 쓰고 애인을 만들려고 할까요? 혼자가 편한데….

동준　사실 인간은 누구나 다 외로워. 순간 외롭지 않으려고, 외로움을 잊어버리려고 몸부림치는 거지.

미스홍 아저씨도 그래요?

동준 나라고 별 수 있나… 어쨌든 사람에겐 어떻게 해도 채워지지 않는 뭔가가 있어. 완벽한 만족은 없으니까.

미스홍 잠깐만요. (실내 불을 끄고 촛불을 켠다)

동준 왜 그래?

미스홍 분위기 좋잖아요. 전 촛불을 보고 있으면 마음이 왠지 편해져요.

동준 자기 몸을 태워서 주위를 밝히니까….

미스홍 역시 시인은 다르다니까… 와인 한잔 드릴까요?

동준 그런 것도 있었어?

미스홍 이런 분위기엔 와인이죠. 잔도 있어요.

동준 오!

미스홍 받으세요.

동준 탱큐.

사이.

미스홍 이 음악 좋죠? 아, 내 사랑은 어디에 있을까…?

동준 아마 가까운 곳에….

암전.

송박사 진술서를 보니까 서민경 씨를 두고 세 사람은 삼각관
계… 그런가요?

미스홍 그런 셈이죠. 언니 한 사람을 두고 두 남자가 좋아했으니
까….

송박사 이미 민경 씨는 기훈 씨를 만나고 있었는데 왜 그랬을까
요?

미스홍 사실 우리 언니가 매력이 있긴 하죠. 하여튼 언니 주변엔
남자가 끊이질 않았으니까….

송박사 어떤 매력이 있었나요?

미스홍 글쎄요. 이쁘잖아요….

사이.

최형사 김동준 씨?

동준 여깁니다.

최형사 사건 현장에 이런 게 있더군요. 당신 거 맞나요?

동준 네.

최형사 시인이세요?

동준 아니요.

최형사 그럼 하는 일이 뭐죠?

동준 지금은 시간강사하고 있습니다.

최형사 대학?

동준   네.

최형사   제목 얼굴….

넌 눈이 뜨이니까 일어나고

아직 살아있으니까 살아가고 있구나

마치 어떤 의지 하나 없이

내가 보여야 나타나고

내가 먼저 웃어야 웃는구나

좋은 건지 싫은 건지

항상 대답은 다음에

따스한 날 오후

난 그녀를 밖으로 데리고 나간다

레스토랑에서 식사를 하고…

레스토랑에서 식사를 하고… 그 다음은 타버렸군요. 왜 이게 현장에 있었을까요?

동준   민경 씨에게 준 건데 가게에 둔 모양이죠.

최형사   난 그녀를 밖으로 데리고 나간다… 여기서 그녀가 누군가요? 서민경 씨?

동준   꼭 누구라고 한정지을 수 없습니다. 시란 은유와 상징이니까요.

최형사 서민경 씨일 수도 있고 아닐 수도 있다 이겁니까?

동준 ….

최형사 타버린 나머지 부분의 내용은 뭐죠?

동준 기억이 나지 않아요.

최형사 어디서 많이 듣던 말이군요. 아니, 본인이 쓴 글이 기억이 안 나요?

동준 작가라서 해서 쓴 글을 모두 기억할 수는 없는 거잖아요. 그리고 그게 뭐가 중요하죠?

최형사 하찮은 게 나중에 중요한 단서가 될 수 있죠. 아무튼 이 쪽지는 서민경 씨에게 준 것은 확실한 거죠?

동준 네.

최형사 강기훈 씨를 마지막으로 본 게 언제죠?

동준 작년 12월인가…?

최형사 정확히 언제죠?

동준 그러니까 화재가 난 날 밤이요.

최형사 그날 강기훈 씨를 만났어요?

동준 아니요. 카페로 들어가는 걸 보기만 했어요.

최형사 그래서 강기훈 씨가 카페 안에 있는 것을 확인하고 이 종이에 불을 붙여 안으로 던졌다…?

동준 아니, 무슨 말씀하시는 거예요?

최형사 아, 그냥 가정을 해본 겁니다. 신경 쓰지 마세요.

사이.

최형사   민경 씨는 어떻게 처음 알게 됐죠?

동준   동네에 새로 생긴 카페가 있어서 궁금해서 한번 가봤죠.
카페 이름도 특이했고. 민경 씨는 그 카페 사장이었고….

최형사   첫 인상은 어땠나요?

동준   뭘 말인가요?

최형사   사장님 이미지….

장소는 카페로 바뀐다.

민경   여기 처음이세요?

동준   네. 이 근처로 이사 온 지 얼마 되지 않아서… 여기 사장
님?

민경   네. 조그만 가게에 사장이란 말이 어울릴지는 몰라도….

동준   혼자 일하나요?

민경   아니요, 알바하는 애 있는데 오늘은 쉬어요.

동준   그렇군요. 무섭지 않아요?

민경   무섭긴요. 다 아는 동네인데….

동준   그래도 여자들만 있는데….

민경   그쪽만 조심하면 되겠는데요. 호호….

동준   여긴 오래 살았어요?

민경	아니요, 저도 여기 온 지 얼마 안 돼요. 집은 요 건너편 아파트.
동준	아, 가깝네요.
민경	매일 술 먹으니까 아무래도 집이 가까워야….

사이.

동준	닮았어요.
민경	누구요?
동준	아는 사람.
민경	그거 남자들 전통적 수법 아닌가요? 어디서 많이 본 적 있다, 어디서 만나지 않았냐….
동준	진짜예요. 글 쓰는 후배 한 명 있는데….
민경	작가세요? 소설가?
동준	아직은… 사랑하는 사람이 생기면 써볼까 합니다.
민경	무슨 말이죠?
동준	사랑은 모든 문학의 영감이랄까….
민경	아, 그런가요? 재밌네요. 근데 왜 혼자 오셨어요?
동준	가끔 혼자 마시고 싶을 때가 있잖아요. 내 옆자릴 비워놔 야 누가 다가오듯이….
민경	선수 같은 멘트네요. 술 드려요?
동준	맥주.

민경   안 어울려요. 양주도 있는데….

동준   상술이 좋네요.

민경   가게 유지하려면… 호호….

동준   좋아요. 가져와요.

민경   헤네시?

동준   아무거나….

암전.

송박사   남녀가 처음 만나 첫눈에 반하는데 걸리는 시간은 평균적으로 8.2초 걸린다고 합니다. 그래서 보자마자 격정적인 사랑에 빠지는 커플도 있고 일주일 만에 결혼까지 하는 경우도 있습니다. 여러분은 운명적인 사랑을 믿나요?

허원장   나도 그런 사랑 한번 해봤으면 원이 없겠네요. 사랑을 하려면 불같이 확 타올라야지, 이것도 아니고 저것도 아니고 미지근한 것은 재미없어.

김여사   운명 같은 사랑이 있지요.

허원장   어머, 해봤어요?

김여사   해봤지요.

허원장   별일이네. 박 사장님은요?

박사장   전… 막걸리만 좋아합니다.

송박사 (상철에게) 주무세요?

상철 아, 아니요. 제가 졸았나요? 이거 언제 끝나죠?

송박사 많이 걸리지 않을 거예요. 괜찮으세요?

상철 아, 네.

송박사 동준 씨와는 어떤 관계죠?

상철 친굽니다.

송박사 동준 씨와는 어떻게 알게 된 친구죠?

상철 고등학교 동창입니다.

송박사 카페에 같이 간 적 있죠?

상철 네, 몇 번 갔죠. 사장이 하도 이쁘다고 해서….

송박사 그래서 이쁘던가요?

상철 각자 취향이 다르니까… 내 취향은 아니었죠.

송박사 지금 현재 평화동에 사시나요?

상철 네, 저야 평화동 터줏대감이죠. 저 모르는 사람이 거의 없어요. 또 제가 부동산을 하다 보니까 안 다닌 데도 없고….

송박사 그럼 카페도 사장님이…?

상철 네. 제가 소개해줬죠.

송박사 뭐 이상한 점은 없었어요?

상철 특별히… 아, 많이 깎으려고 했죠.

송박사 뭘요?

상철 보증금이요. 그러면 월세 부담이 클 텐데, 하도 사정하길래 집주인한테 말해서 조정해줬죠.

송박사　현금 가진 게 별로 없었나보죠?

상철　아마도….

송박사　카페 사장님도 동준 씨에게 맘이 있었나요?

상철　일방적으로 동준이가 좋아했죠.

송박사　동준 씨는 원래 애인 없었나요?

상철　전에 만나는 여자가 있었던 거 같은데….

송박사　본 적이 있나요?

상철　네. 딱 한번 봤어요.

암전.

장소는 동준의 아파트로 바뀐다.

상철　그만 마셔. 거기서 그렇게 마셨으면 됐지….

동준　한잔만 더 해. 자고 가고….

상철　집에 가야지, 난 외박하면 죽어. 우리 마누라 성질 알지?
　　　　　내 속옷까지 조사한다니까….

동준　뭐? 야, 그러면서 뭐 하러 같이 사냐?

상철　그래도 가정은 지켜야지.

동준　가정이 뭐가 중요해? 내 자신이 중요하지. 나 같으면 그렇게 안 산다.

상철 아무튼 나는 네가 부럽다. 잔소리할 사람도 없고 내 마음
대로 하고 싶은 대로 살고….

동준 그건 네가 혼자 안 살아봐서 그래. 너도 딱 1년만 혼자 살
아봐. 그런 생각 안들 걸. 다 상대적이야.

상철 그나저나 그 가게 사장. 별로 이쁘지도 않더만….

동준 나름 매력이 있잖아.

상철 저번에 본 여자는 어떻게 하고…?

동준 누구?

상철 같이 한잔 했잖아. 머리 길고 베이지 색 코트 입고….

동준 아…!

상철 하도 많아서 헷갈리냐?

동준 무슨….

상철 지금도 만나?

동준 가끔… 근데 편하게 만나자는 건 무슨 의미냐?

상철 뻔하지 뭐. 갖기는 부담되고 놓치자니 아깝고… 애인 사
이 말고, 심심할 때 한번씩 보자는 거지. 넌 그냥 심심풀
이 땅콩이야, 정신 차려 임마. 그 여자는 분명히 따로 만
나는 남자가 있을 거야. 괜히 나중에 닭 쫓던 개 지붕 쳐
다보는 꼴 되지 말고… 너 뭐 결혼이라도 할 생각이야?

동준 그럴 수도 있지.

상철 넌 절대 그 여자와 안 돼. 아마 단물만 쪽 빨아 먹고 결국

은 딴 놈한테 갈 거야. 그러니까 지나치게 정 주지 말고 그냥 너도 즐겨. 심심할 때 한번씩 만나고….

동준 사랑은 사랑 그 자체가 목적이어야지 수단이 되면 안 되지. 어떤 조건이나 이익을 위해 사랑을 해선 안 돼, 임마.

상철 넌 또 무슨 놈의 사랑타령이냐? 이 세상에 사랑은 없어. 그건 예수님이나 부처님이 하는 거지. 사람은 다 자기밖에 모르고 자기 욕심만 채우려고 해. 남녀가 만나는 목적이 뭐야? 한번 자는 거 그것뿐이야. 그 이상 뭔가를 찾는 건 사치고 허상이다. 꿈 깨라, 사랑은 없어. 날 봐. 난 여자는 한번 이상 안 만나, 깔끔하게… 더 만나면 머리 복잡해.

사이.

송박사 동준 씨가 그래도 순수한 면이 있었네요.

상철 순수하긴요? 세상 물정 모르고 고집스러운 거죠. 하여튼 똥고집이 있어요. 뭔가 하나에 꽂히면 끝이 없어.

송박사 동준 씨는 민경 씨와 카페 외에 다른 곳에서도 만난 적 있나요?

상철 글쎄요. 한두 번 만났다고 한 것 같아요.

송박사 어디에서?

상철 근처 레스토랑이었나…?

암전.

장소는 레스토랑 분위기의 식당으로 바뀐다.

동준 여기 어때요?

민경 한번 와본 적 있어요. 그냥 무난해요. 그리 비싸지도 않고….

동준 더 좋은 데 갈 걸 그랬어요….

민경 아니요, 집 가깝고 좋아요.

동준 다행이네요. 첫 데이튼데….

민경 가게에서만 보다가 밖에서 보니까 좀 달라 보이네요. 제가 뭐라고 부를까요? 아저씨? 아님 오빠?

동준 형은 어때요?

민경 형? 동준 형? 웃겨. (사이) 아저씨 나 좋아해요?

동준 뭔가 끌리는 데가 있어요.

민경 어떤 면에서요?

동준 말로 하기가 그렇지만 강렬한 느낌이 있어요.

민경 칭찬인가요?

동준 매력이 있다는 거죠.

민경 듣기 싫지는 않네요.

사이.

동준   한 달에 몇 번이나 쉬죠?

민경   두 번쯤… 왜요?

동준   쉬는 날은 뭐하나 싶어서요.

민경   뭐 종일 자든지, 밀린 빨래도 하고, 아님 동생하고 드라
         이브 하고….

동준   아, 그 미스 홍?

민경   네. 동생이 아저씨 엄청 좋아하던데요?

동준   장난이죠.

민경   아닌 것 같던데요…?

동준   쉴 때 데이트는 안 해요?

민경   하죠.

동준   그래요? 누구…?

민경   지금 하고 있잖아요. 호호….

동준   어떤 남자가 이상형인가요?

민경   이상형이라… 난 저에게 날개를 달아줄 사람이 필요해요.

동준   능력이 있어야겠네요.

민경   아무래도… 없는 것보다는….

동준   이거, 그냥 오기 뭐해서…. (호주머니에서 뭔가 꺼낸다)

민경   뭐예요?

동준   열어봐요.

민경　목걸이? 이러시면 안 되는데….

동준　얼마 안 돼요. 부담 갖지 말고 받으세요.

민경　저… 그냥 사양할게요. 이거 받기에는 좀….

동준　왜 부담돼요?

민경　나중에 받을게요. 혹시 더 친해지면….

동준　그래도….

민경　대신 2차는 제가 살게요.

동준　2차?

민경　소주 어때요?

동준　나쁘진 않은데… 좋아요. 역시 난 카사노바 기질이 있는 것 같아요.

민경　네? 보기엔 순둥이 같은데….

동준　카사노바는 2차는 꼭 여자가 사게 한다네요. 하하….

민경　그래요? 왜죠?

동준　남자가 다 사면 일방적이라 재미가 없잖아요. 여자도 투자를 해야 성취감도 생기고….

민경　그런가요? 그럼 일단 투자를 해볼까요?

암전.

송박사　동준 씨. 민경 씨에겐 어떤 매력이 있었죠?

동준 민경 씨는 천박한 듯하면서도 묘한 매력이 있어요. 마치 돈키호테가 찾는 이상형이에요.

송박사 돈키호테?

동준 돈키호테의 여자… 그녀는 공주도 귀부인도 아니고 웬만한 남자보다 더 튼튼한 농사꾼 처녀였죠. 그런데도 돈키호테는 그녀가 이 세상 가장 아름답고 정숙한 여자라고 믿었어요. 상대를 고귀하다고 상상하고 믿는 것 그게 사랑의 시작이거든요.

송박사 그런가요? 사실 남녀가 항상 동등한 위치에서 만나는 건 아니죠. 백만장자가 보잘 것 없는 가난한 여자와 만나거나 또는 아름다운 공주가 못생긴 바보와 만나기도 하고… 사랑은 종종 세속적인 기준을 뛰어 넘을 때가 있죠.

동준 민경 씨는 마치 세상 끝에 와 있는 여자였어요.

송박사 세상의 끝… 왜죠?

동준 카페 가게가 마지막 희망이라고 했어요. 이것저것 해보다가 다 실패하고, 마지막 남은 모든 걸 걸고 연 가게라면서 여기서 잘못되면 정말 끝이라고 했죠. 좀 보기에 딱하다는 생각이 들었어요.

송박사 측은지심…? 그래서 사랑으로 발전한 건가요?

동준 그런 식으로 말하지 마세요. 동정심과 사랑은 다르다고 말하는 건가요?

송박사 아, 그런 뜻이 아니에요. 동정심으로 출발해서 성숙한 사랑으로 가는 경우도 있으니까요.

동준   내가 동정심을 느낀 게 아니라 민경 씨가 그런 마음을 자아내게 했어요. 내게 마음을 비집고 들어갈 틈을 열어 준 거죠. 난 그 빈틈을 메꾸기 위해 무엇을 해줄 수 있을까, 어떻게 도움이 될 수 있을까? 생각했고 그래서 어떤 의무감이 생겼어요. 난 할 수만 있다면 세상의 끝에서 민경 씨를 지켜주고 싶었어요.

사이.

송박사   미스 홍!

미스홍   네? 저한테 또 물어볼 게 남았나요?

송박사   하나 더 물어볼게요. 민경 씨와 같이 한 집에 살았다고 하는데 이유가 뭐죠?

미스홍   뭐, 특별한 이유는 없고 제가 마땅히 지낼 곳도 없고, 가게가 늦게 끝나니까 언니가 편하게 집에서 같이 있자고 해서… 저도 크게 나쁠 건 없다고 생각해서….

송박사   그럼 민경 씨와 속얘기도 하겠네요?

미스홍   네. 가끔….

송박사   민경 씨는 강기훈 씨와 진짜 결혼할 생각이 있었나요?

미스홍   아마도.

송박사   어쨌든 민경 씨는 동준 씨보다는 강기훈 씨에게 더 마음이 가 있었다고 할 수 있나요?

미스홍 그렇다고 봐야죠. 아무래도 강 사장님을 더 오래 봤으니까….

송박사 동준 씨와 강기훈 씨는 서로 만난 적 있나요?

미스홍 특별히 만날 이유는 없었죠. 개인적인 친분은 없으니까… 가게에서 잠깐 보는 경우는 있어도….

송박사 그러다가 서로 부딪힌 적은 없나요?

미스홍 특별히… 아, 첫눈 오던 날….

송박사 무슨 일이 있었나요?

미스홍 그날은 마침 언니 생일이었어요.

암전.

장소는 카페로 바뀐다.

미스홍 어머, 밖을 봐요, 눈이 와요.

민경 진짜?

미스홍 이거 첫눈 맞죠?

상철 야, 멋진데….

사이.

민경   다들 뭐해요? 가서 데이트도 하고 애인도 만나야죠. 여기
        서 이러고 있지 말고….

상철   그럴 일 없습니다. 집에 가봐야 별 볼일 없고, 우린 여기
        가 제일 좋습니다. 술이나 더 가져오시죠. 첫눈 파티나
        합시다.

미스홍   그래요, 이런 날은 애인 없는 사람끼리 코가 비틀어지도
        록 마셔야죠.

기훈, 눈을 털며 들어온다. 한쪽 테이블로 가서 앉는다.

민경   웬일이야?

기훈   그냥.

민경   술 줘?

기훈   맥주….

사이.

미스홍   여러분 오늘이 무슨 날일까요? 첫눈과 함께 우리 언니
        생일이에요.

상철   그래? 하늘이 알아보고 꽃가루를 뿌려주는구만.

동준   그럼 미리 말을 하지… 잠깐만…. (밖으로 나간다)

상철   야, 어디 가!

미스홍   아, 내 생일도 미리 말해줘야겠다.

상철   언젠데?

미스홍   1월 1일. 잊어버리진 않겠죠?

상철   어떻게 그렇게 딱 맞췄지? 재주가 좋네. 아무튼 축하해.

미스홍   아직 안 됐잖아요.

상철   잊어버릴까봐 미리 하는 거야.

미스홍   에이, 그런 게 어딨어요?

민경   이분은 어디 가셨나?

상철   잠깐 나갔는데 곧 오겠죠.

미스홍   전 생일 선물로 받고 싶은 게 있어요.

상철   뭔데?

미스홍   주실 거예요?

상철   일단 말해봐.

미스홍   구찌.

상철   구찌? 그게 뭐지?

미스홍   에이 구찌도 몰라요? 명품 메이커.

상철   아….

미스홍   옛날부터 꼭 갖고 싶은 가방이 있는데….

상철   그거 비싸지 않아? 하나 사줄까?

미스홍   정말요?

상철   내가 가진 건 돈밖에 없거든….

미스홍   진짜?

동준, 케이크를 들고 들어온다.

동준   아, 추워.

민경   뭐예요?

동준   미리 말했으면 좋은 것 준비했을 텐데… 이거 딱 하나 남
          았다네요.

미스홍 케이크?

민경   뭘 이런 걸….

동준   그냥 넘어갈 수가 있나요? 축하해요.

미스홍 치 언닌 좋으면서… 그럼 우리 파티해요.

민경   잠깐만, 그릇 가져올게.

사이.

미스홍 강 사장님도 이쪽으로 오세요. 혼자 있지 말고….

상철   저기 괜찮으면 같이 합석합시다. 마침 사장님 생일이라
          는데….

미스홍 그래요. 같이 케이크도 드시고….

기훈   아니, 됐어.

미스홍 에이, 오늘따라 외로운 척 하신다….

사이.

상철　우리 다 이 집 단골인데 모임 하나 만들까?

동준　모임?

미스홍　단톡을 만들죠. 이름 하나 지어서….

상철　이름은 뭐라고 하고?

미스홍　그건 우리 시인님이 지으셔야죠.

상철　그래 동준아, 네가 한번 지어 봐.

동준　이름은 무슨….

미스홍　에이, 또 빼시긴….

동준　엘리스.

상철　뭐? 엘리스가 뭐야?

동준　사람 이름….

미스홍　어머, 그건 우리 언니 별명인데…?

상철　에라 자식아….

민경, 접시와 포크를 가지고 다가온다.

민경　엘리스가 뭐?

미스홍　언니, 빨리 케이크 자르셔야죠.

민경　에이 부끄럽게….

상철　어서요, 당 떨어졌어요.

민경, 케이크를 자르고 촛불을 끈다.

미스홍 언니 축하해.

동준 축하해요.

상철 축하합니다. 그럼 이제 몇 살이죠?

미스홍 에이, 나이 물어보는 건 실례예요.

상철 아무튼 축하하는 의미에서 거국적으로 한잔 합시다.

민경 고마워요.

미스홍 짠!

사이.

상철 아 좋다, 눈도 오고… 분위기도 좋고… 술맛도 쬑이고….

음악이 흐른다.

상철 오, 이 노래였구나. 리빙 넥스트 도어 투 엘리스… 오랜만에 들으니까 좋네….

사이.

기훈 이 동네는 다 좋은데 파리들이 많아.

상철 무슨 파리요?

기훈 뭔가 좋은 게 있으면 환장하고 달려드는 똥파리….

동준	누굴 얘기하는 거죠?
기훈	누굴 얘기하는 거 아니고 사실이 그렇다는 것입니다.
동준	있는 사람이 더 한다고 합디다.
기훈	그건 무슨 말이요?
동준	요즘 세상을 이야기하는 거죠. 돈 있는 사람은 더 부자 되고 없는 사람은 더 없고… 여자도 그래요. 저 같은 솔로는 한 명도 없는데. 유부남들이 더 설치는 게 현실입니다. 집에 이쁜 와이프가 있는데도 어떻게 애인 하나 만들어 보려고 여기저기 기웃거리고 ….
상철	누굴 얘기하는 거요?
동준	누굴 얘기하는 거 아니고 요즘 그렇다는 겁니다.
기훈	그것도 능력 아닌가요? 애인은 아무나 만드나….
동준	능력은 아무 데서나 자랑하는 건 아니라던데….
상철	야, 그만 해. (기훈에게) 사장님, 한잔 하시죠.

사이.

민경	분위기가 왜 이래요? 오늘은 제 생일을 축하하러 오신 손님들이니까, 지금부터 마시는 술은 제가 사겠어요.
상철	정말입니까?
미스홍	오, 언니 멋져! 우리 조금만 마시고 2차 가요.
민경	2차?

미스홍　노래 한번 해야죠. 이 좋은 날에.

상철　거 좋지!

사이.

기훈　손님이 아직 있는데 무슨 2차야? 사장님. 양주 한 병.

미스홍　네? 지금요?

민경　그만해.

기훈　사장님 왜 이래요? 매상 올려야지… 안 그래요?

민경　왜 이래?

기훈　아니, 손님이 술을 더 달라는데 거부하는 술집이 어디 있
어? 그럼 술은 왜 팔아? (마시던 맥주병을 바닥에 내리친다)

미스홍　엄마!

상철　뭐야…!

동준　아니 뭐하는 겁니까? 민경 씨 괜찮아요?

기훈　민경 씨? 야 서민경! 이 작자는 뭐야? 어떤 관계야?

동준　말이 좀 심하시네. 어떤 관계라뇨? 같은 손님끼리 이러지
맙시다.

기훈　그래 당신 눈엔 내가 그냥 손님으로 보이나?

민경　정말 왜 이래?

상철　아, 씨… 이제 여기 못 오겠네.

민경　아 죄송해요. 기훈 씨 그만 가. 나중에 얘기하고….

기훈 됐어. 하여튼 이 동네는 똥파리들이 많아서… 야, 미스 홍! (지갑에서 돈을 꺼내서 준다) 팁이다. (밖으로 나간다)

동준 저 자식이….

상철 야, 신경 쓰지 마. 다 술김에 그러는 거니….

동준 그래도 그렇지….

민경 죄송해요.

상철 에이, 기분 다 잡쳐버렸네.

민경 나가서 한잔 더 해요.

미스홍 그래요, 기분이 꿀꿀하네요.

민경 먼저 나가세요. 전 뒷정리 좀 할게요.

모두 카페 밖으로 나온다.

미스홍 오, 많이 쌓였네.

동준 후우….

상철 왜 춥냐? 술을 덜 먹어서 그래. 담배 하나 줄까?

동준 에이, 나 못 피잖아.

미스 홍, 눈을 뭉쳐서 상철에게 던진다.

상철 뭐야! (눈을 뭉쳐서 미스 홍에게 던진다)

미스홍 악!

암전.

송박사 만나는 남자가 있는데도 민경 씨를 좋아했나 봐요?

동준 그 남자는 그 남자고 나는 나니까요.

송박사 민경 씨는 어땠나요?

동준 네?

송박사 민경 씨도 당신을 좋아했냐는 거죠.

동준 시간이 흐르면 결국엔 날 좋아할 거라 믿었어요.

송박사 왜죠?

동준 민경 씨는 잘못된 길을 가고 있었으니까요. 그 남자는 아니었어요. 내가 무작정 사랑하는 사람들 사이를 비집고 들어가서 훼방 놓을 생각은 아니었어요. 제 기준으로 봤을 때 그 남자는 단지 여자를 소유하고자 할 뿐, 사랑하는 건 아니었어요.

송박사 그건 동준 씨만의 생각이 아닐까요?

동준 아니요. 민경 씨는 덫에 빠져버린 거예요. 더 깊이 빠지기 전에 빨리 구해내야 했어요.

암전.

장소는 다시 카페로 바뀐다.

기훈 왜 전화 안 받어?

민경 바빠서.

기훈 바쁘긴 뭐가 바빠? 지금 아무도 없구만.

민경 테이블 꽉 차 있다가 방금 전에 다 갔어.

기훈 아무리 그렇다고 잠깐 전화 받을 시간도 없었어? 난 무
슨 한가한 사람인 줄 알어?

민경 전화 안 받으면 바쁜 모양이다 생각하고 그냥 넘어가면
안 돼? 그렇다고 갑자기 영업하는 가게에 불쑥불쑥 찾아
오면 어떡해? 손님 떨어지게….

기훈 그깟 손님이 문제야?

민경 손님 없으면 가겐 어떻게 운영해?

기훈 그러니까 그때그때 전화 바로 받으라구! 내가 한두 번이
면 말 안 해. 전화하면 안 받지, 문자 보내면 하루 지나
서야 답장이 오질 않나… 내가 일에 집중할 수가 있어야
지….

민경 왜 그렇게 성격이 급해? 그거 병이야. 내가 어디 사라지
는 것도 아닌데 왜 그렇게 안달을 해!

기훈 왜 그러다니? 몰라서 물어? 내게 중요한 사람이 아니면
전화 받든 말든, 답장이 오든 말든 상관하지 않아. 하지
만….

민경 관심도 지나치면 그것도 상대를 지치게 해. 그냥 날 믿고 내 버려두면 안 돼?

기훈 딴 놈이라도 생긴 거야?

민경 그건 또 무슨 말이야?

기훈 그러니까 나한테 그렇게 성의 없이 대하지.

민경 내 처지에 남자에 신경 쓸 일 있어? 먹고 살기도 힘든데….

사이.

기훈 자. (봉투를 꺼내 준다) 저번에 빌린 거하고, 조금 더 넣었어.

민경 이제 이딴 거 필요 없어.

기훈 뭐? 돈이 필요 없어?

민경 내가 바라는 게 뭔지 몰라? 도대체 언제 정리할 건데?

기훈 그게… 이혼만은 안 된다고 버티고 있는데 어떻게 해?

민경 남자가 미적거리니까 그러는 거지. 확실하게 밀어붙이고 딱 떼어서 주고 끝내면 되잖아. 나 잠깐 적당히 데리고 놀다가 모른 체 하려는 거 아냐?

기훈 뭐? 사람을 뭘로 보고… 이번 일만 잘 정리되면 확실히 해결할 테니 걱정 마.

민경 그게 언젠데? 이제 나도 지쳤어. 올해 말까지 정리 안 되면 나도 더 못 기다려.

기훈 못 기다리면?

민경 각자 갈 길 가야지….

기훈 야, 지금까지 내가 너한테 해준 게 얼만데!

민경 그냥 해줬어?

기훈 뭐?

민경 난 뭐 시간이 남아돌아서 만나는 줄 알아?

사이.

기훈 자꾸 왜 이래? 나 끝까지 믿어주면 안 돼?

민경 몰라, 나도 힘들어. 이젠 손님들도 지겹고….

기훈 에이, 오늘따라 왜 이리 뾰족하게 굴까? 좀만 참으면 되
잖아.

사이.

기훈 손님 없으면 문 닫고 가자.

민경 어딜?

기훈 며칠 출장 간다고 하고 나왔어. (사이) 잠깐만….

민경 왜 그래?

기훈 그대로 있어. (민경의 등 뒤에서 목걸이를 걸어준다) 오다가
샀어.

암전.

최형사 서민경 씨. 보니까 강기훈 씨는 부채가 상당히 많더군요.

민경 요즘 빚 없는 사람 있나요? 더구나 사업하다보면 급히 메꿔야 할 돈도 있고….

최형사 사채도 있고….

민경 사채요?

최형사 여기저기 돈 들어갈 일이 많았겠죠. 두 집 살림 하느라… 보아하니 아내 분도 상당히 미인인 것 같은데… 왜 그랬을까요?

민경 누구나 처음엔 서로 불같이 사랑해도 오래 살다보면 무감각해지고, 그냥 의무적으로 사는 경우가 많아요. 더구나 남자들은 원래 새로운 것에 민감하니까….

송박사 그렇다고 다들 바람피면 가정이 유지될까요?

민경 그거야….

송박사 많은 사람과 상담을 해봤지만 불륜으로 인한 상처는 용서가 안되더라구요. 경제적 어려움이나 하찮은 실수라면 몰라도 사랑과 관련된 잘못은 절대로 용서가 안 되고 한번 어긋나면 좀처럼 관계 회복이 되지 않아요.

민경 ….

송박사 강기훈 씨는 성격이 꽤 급한 편이었나 봐요?

민경　폭풍 같았죠.

송박사　분노 조절이 안 되고 참을성도 없고….

민경　….

송박사　운전하면 클랙슨 자주 누르죠?

민경　… 네.

송박사　계속 차선 바꿔가며 쥐새끼처럼 요리조리 빠져 나가고….

민경　네.

송박사　그런 사람들은 단순히 짜증을 내는 정도에 그치지 않고 끊임없이 주위를 불안하게 하고 본인 자신도 스트레스를 많이 받아요. 그러다 보면 상대를 다구치고 그로 인해 상대도 힘들어 하죠. 누구를 만나든 서로 부딪칠 수밖에 없어요. 누가 그랬죠. 이 세상의 자연과 평화 그리고 아름다움은 모두 인내에 바탕에 두고 있다구요.

민경　무슨 말을 하려는 거죠?

송박사　동준 씨는 어땠나요?

민경　네?

송박사　같이 있으면 편했나요?

민경　그런 셈이죠. 부드럽고 차분하고….

송박사　그런 점에서 보면 기훈 씨보단 낫지 않았나요?

민경　하지만 현실적이지 못하고 무모한 면이 있었어요.

송박사　무모하다….

민경 바보 같기도 하고….

암전.

늦은 밤. 카페 앞.
동준, 쪼그리고 앉아 담배를 피고 있다.

민경 어머! 여기서 뭐해요?

동준 손님들 다 갔어요?

민경 네. 아니 추운데 들어와 있지 않고… 왜 여기서?

동준 끝나길 기다렸죠.

민경 담배도 피우세요?

동준 아니요. 어쩌다 한번… 난 피우는 것보다 이 타들어가는 불꽃을 보는 게 더 좋아요. 이 불꽃이 타는 동안만 생명이 남았다면 다들 무슨 생각을 할까요? 그래서 담배의 킹사이즈가 생겼다고 합니다.

민경 어디서 한잔 하셨어요?

동준 네, (가슴을 두드리며) 여기가 답답해서….

민경 일단 들어오세요.

사이.

민경	술 드려요? 아님 따뜻한 차…?
동준	단도직입적으로 물을게요. 저 어떻게 생각해요?
민경	네?
동준	난 민경 씨 좋아하는데 민경 씨는 어떠냐구요?
민경	왜 이래요? 전 만나는 사람 있다고 했잖아요. 동준 씨도 좋은 사람이긴 하지만 전 이미….
동준	그 사람 만나지 않으면 안 돼요?
민경	왜 그런 말 하는 거죠?
동준	그러면 안 될 거 같아요. 그 사람은 가정도 있고….
민경	그건 어떻게 알았어요?
동준	관심이 있으니까요. 그 사람이 민경 씨를 사랑한다고 생각해요?
민경	그거야 아저씨가 상관할 바기 아니죠.
동준	가정 있는 남자가 다른 여자를 사랑한다는 건 다 거짓이에요. 단지 스치는 바람이라구요.
민경	우린 그런 사이 아니에요.
동준	그걸 믿어요? 모든 걸 버리고 민경 씨에게 올 거라고 생각해요?
민경	도대체 왜 이래요? 왜 제 일에 끼어들고 그래요? 날 몇 번이나 봤다고….
동준	꼭 많이 봐야 이런 말할 수 있나요?
민경	그런 걸 오지랖이라고 하는 거예요. 제 일은 제가 알아서

할 테니 걱정 마세요.

동준 그럼 왜 날 만나는데요!

민경 어머, 난 단지 편한 손님으로 생각해서⋯ 그럼 이제 따로 못 보겠네요. 그렇게 생각한다면⋯.

동준 민경 씨, 제발 정신 좀 차려요!

민경 너무 나가시네요. 술 안 드실 거면 그만 문 닫을 게요.

동준 돈도 빌려 준다면서요? 남자가 여자한테 돈을 빌려 달라니 그게 말이 돼요?

민경 사업을 하다보면 급할 때가 있겠죠.

동준 그런 사람치고 제대로 된 사람 본 적 없어요. 그 사람은 뭔가 당신을 이용해먹는다고 생각 안 해요?

민경 나도 도움을 많이 받았으니까 어려울 때 서로 돕는 거예요.

동준 원래 사기꾼은 막 처음엔 간까지 빼줄 것처럼 잘 하다가 나중에 천천히 본색을 드러내요. 그런 사람들 조심하라고 했어요.

민경 그 사람에 대해 함부로 말하지 마요. 이제 그만해요. 많이 늦었어요.

동준 안 그러면 내가 그 자식을 죽여 버릴 거예요.

민경 취하셨어요?

동준 내가 꼭 실체를 밝히고 말겠어요. 도대체 뭐 하는 놈인지 알아야겠어요.

민경 그만 하시죠.

동준 눈앞에 있는 것만 보지 말고 깊은 곳을 보라구요. 아, 답답해. 이 가슴을 열어 보일 수도 없고… 민경 씨, 여기가 끝이라면서요? 여기서 실패하면 어떡하려구요? 인생은 한번 어긋나면 헤어 나오기 힘들어요. 나오려고 하면 할수록 수렁에 깊이 빠져들고 말아요. 그러니 제발 정신 차리고! (민경의 손을 잡는다)

민경 이거 놔요. (손을 뿌리친다) 아저씨가 뭔데 그래요? 그렇지 않아도 속상해 죽겠는데… 왜 이래요? 아저씨가 뭔데 나보고 이래라 저래라… 나보고 어쩌라고… (의자에 주저앉아 흐느낀다)

사이.

동준 저기….

민경 상관 말고 그만 가세요.

동준, 민경의 뒷모습을 바라본다.

암전.

최형사 죽이고 싶었어요?

동준 네?

최형사 그랬잖아요. 죽이고 싶었다고….

동준 생각과 행동은 다르지 않나요?

최형사 생각이 있으니까 행동이 나오는 겁니다. 왜 그런 생각을
한 거죠?

동준 사랑하는 여자에게 이미 애인이 있거나 임자가 있으면
그 남자가 없어지거나 죽어버렸으면 하는 생각 누구나
하는 거 아닌가요?

최형사 누구나 그러진 않아요.

동준 난 그래요. 죽었으면 좋겠다는 생각을 했어요. 그래야 장
애물이 없어지니까….

최형사 그래서 불을 질렀어요?

갑자기 미스 홍이 끼어든다.

미스홍 그럴 분이 아니에요. 이 분은 생각보다 마음이 여린 분이
에요.

동준 여러 가지 방법을 생각해봤어요. 서서히 죽는 약을 탈
까… 주식투자를 하게 해서 돈을 탕진하게 할까… 아님
손쉬운 방법으로 청부업자를 구할까….

상철 야, 너 지금 무슨 소리 하는 거야? 자꾸 쓸데없는 소리하

지 말고 사실만 얘기해.

사이.

최형사 미스 홍. 강기훈 씨와 민경 씨는 자주 싸웠나요?

미스홍 가끔이요.

최형사 주로 뭐 때문에 싸웠죠?

미스홍 대부분 사소한 이유에서죠. 강 사장님 성격이 워낙 불같
         으니까… 전화했는데 언니가 안 받거나, 문자 보냈는데
         바로 답장이 없으면 한 시간 내로 금방 쫓아와요.

최형사 그만큼 좋아한 것 아닐까요?

미스홍 정도껏 해야지, 그건 집착이죠. 그 땜에 언니도 힘들어
         했구요.

최형사 강기훈 씨가 민경 씨에게 돈을 얼마나 빌렸죠?

미스홍 정확히는 저도 모르구요. 적은 돈은 아니었을 거예요.

최형사 돈은 어떻게 마련했죠?

미스홍 대출한 걸로 알고 있어요.

최형사 다 갚았나요?

미스홍 거기까진 저도 몰라요.

최형사 그 일로도 싸웠나요?

미스홍 아마도.

최형사 그럴 땐 민경 씨가 뭐라고 하던가요?

미스홍 네?

최형사 그만 만나고 싶다든가 차라리 없어졌으면 좋겠다든가…
뭐 그런 말….

미스홍 힘들어했죠. 저한테 신세타령도 하고….

최형사 죽어버렸으면 좋겠다는 말은 안했어요?

미스홍 네? 너무 오바 아닌가요?

최형사 그냥 여러 가지 가능성을 두고 보는 겁니다.

연숙, 안으로 들어온다.

연숙 제가 많이 늦었죠? 죄송합니다.

송박사 강기훈 씨 부인 맞으시죠?

연숙 네. 제가 가게를 하고 있는데 오늘따라 알바가 늦게 오는
바람에….

송박사 괜찮아요. 이쪽으로 앉으세요.

연숙 네.

송박사 가게는 잘 되시나요?

연숙 그냥 여는 거죠. 가게 내놔도 안 나가고… 월세도 못 내
서 보증금만 까먹고 있지요.

박사장 물가가 너무 올라서 문제예요. 야채 값도 많이 오르고,
안 팔려서 버리는 게 많아요.

상철 저도 두 달 동안 거래가 한 건도 없어요. 계속 해야 할지

접어야 할지 고민이네요.

허원장   저기 어디냐… 전쟁 나서 그런다면서요?

김여사   왜들 그렇게 쌈박질만 하는지 몰라. 괜히 엄한 사람만 힘
들게… 우리 집도 매상이 확 줄었어요. 미용실도 그래요?

허원장   우리 집은 10년 전 가격 그대로예요.

김여사   잘했네. 천사가 따로 없구만….

허원장   이래봬도 내가….

박사장   쉿!

사이.

송박사   아무튼 남편 분이 그렇게 되셔서 뭐라고 위로를 드려야
할지….

연숙   아닙니다.

송박사   남편 분 소식은 어떻게 들으셨나요?

연숙   서에서 연락이 왔더라구요. 그래서….

송박사   충격이 크셨겠어요. 혹시 무슨 이상한 낌새 같은 건 없었
나요?

연숙   네?

송박사   집으로 이상한 전화가 왔다든가… 평소에 원한 살 일이
있었다든지….

연숙   특별한 일은 없었어요. 평소에 집에 잘 들어오지도 않고

밖에서 있었던 일은 좀처럼 말하지 않으니까요.

송박사 평소에 두 분 사이는 어땠나요?

연숙 굳이 얘기하자면 좋았다고 할 수 없죠.

송박사 처음 어떻게 만났어요?

연숙 그 사람은 불같은 사람이에요. 결혼하기 전에 몇 번 만났
는데, 제가 그만 만나자고 하자 절 납치했어요.

송박사 납치요?

연숙 바닷가 별장에 날 가둬놓고 결혼하지 않으면 돌려보내지
않겠다고 하더라구요. 자기도 거기서 죽겠다고… 그렇게
까지 할 정도면 정말 날 좋아한다는 생각이 들어서 결국
제가 항복을 했죠. 하지만 이 사람은 결혼 후에도 집착이
심했어요. 내가 잠시라도 다른 남자랑 같이 있는 꼴을 못
봤고, 조금만 연락이 안 되면 난리를 쳤어요.

송박사 성격상 문제가 있었나요?

연숙 뭐든지 자기 뜻대로 해야 하고 제가 맞춰주지 않으면 불
같이 화를 내고… 그 때문에 많이 싸웠죠.

송박사 사람들은 서로 기대하는 바가 있는데 그 기대에 미치지
못하면 실망하고 분노하죠. 서로가 다름을 인정하고 있
는 그대로 받아들이면 좋을 텐데, 자신과 꼭 같아지기를
바라니까 다툼이 끊이질 않아요. 각자 자기 삶을 살면 되
는데….

연숙 그래요. 우린 정말 징글 몸서리나게 싸웠어요. 심지어 남

들 다 보는 길거리에서 소리 빽빽 지르고 싸우기도 했으니까요.

송박사 열정이 대단한 부부였네요.

연숙 지금 생각하면 둘 다 미친 거죠. 그러다 어느 날부턴가 서로 지쳤는지 싸우지 않았어요. 서로 포기를 하다 보니 드디어 전쟁이 끝나고 평화가 찾아온 거죠.

송박사 일종의 휴전인 셈인가요?

연숙 인간 좀처럼 바뀌지 않아요. 인간이 변하는 건 누구 말대로 낙타가 바늘구멍으로 들어가는 것과 같을 거예요. '넌 원래 그런 인간이다' 하고 생각하고 사는 게 속 편하죠.

송박사 남편 분이 다른 여자를 만난다는 것은 알고 있었나요?

연숙 짐작은 하고 있었죠.

송박사 왜죠?

연숙 우린 각방 쓴 지 오래됐어요. 전에 한번 남편이 바람핀 적이 있어서 그 뒤로 소원해져서 그렇게 됐어요. 마음이 식으니까 자연히… 그래서 서로 터치 안하고 각자 편하게 살기로 했죠.

송박사 남편분이 생활비는 주셨나요?

연숙 생활비요? 결혼해서 한 3년간은 그래도 주더라구요. 그런데 그 후로 돈이라곤 받아본 적이 없어요.

송박사 왜죠?

연숙 사업한다고 맨날 빚만 지고, 심지어 저희 친정에까지 손

벌려서 돈 빌려 가서는 다 말아먹고… 아무런 도움이 안
됐죠.

송박사 그럼 생활은 어떻게 하구요?

연숙 제가 보험이며 외판이며 이것저것 해서 겨우 먹고 살았
어요.

송박사 그래도 남편은 씀씀이가 좀 있었던 거 같은데….

연숙 집에 생활비도 못주는 인간이 씀씀이는 얼마나 큰지…
꼴에 이 여자 저 여자 만나고 다니고… 지금까지 사업한
다고 가져간 그 많은 돈, 어떤 년에게 다 갖다 줬는지 몰
라….

사이.

허원장 여자의 입장에서 제일 꼴 보기 싫은 남편 1위가 뭔지 알
아요?

김여사 뭔데요?

허원장 돈 안 주는 남자.

김여사 그럼 2위는?

허원장 거짓말하는 남자.

김여사 있는데도 안 준다면 몰라도 없어서 못 주는 건 어쩔 수
없지요. 제일 나쁜 남자는 거짓말하는 인간이죠.

박사장 왜 날 봐요?

허원장　아니에요.

사이.

최형사　차연숙 씨. 남편의 사망보험금이 꽤 되더군요.

연숙　네?

최형사　10억.

허원장　어머나…!

김여사　차라리 잘 죽었네… 사람 구실 못할 바엔 산 사람이라도 살아야지.

최형사　남편분이 이렇게 될 줄 미리 알았나 봐요?

연숙　무슨 말씀을… 그럼 제가 남편을 어떻게 했다는 건가요?

최형사　그게 아니라 보험금이 상당해서요.

연숙　남편 생활이 들쑥날쑥 하니까 좀 불안했죠. 그래서 만일을 대비해….

최형사　사건 당일 밤에 남편이 집에 안 들어올 거라는 걸 미리 알았나요?

연숙　아무 때나 들어오고 싶으면 들어오고, 나가고 싶으면 나가는 사람인데, 언제 들어올 줄 알고 기다려요? 오든지 말든지 신경 끄고 살았어요.

사이.

최형사 서민경 씨는 강 사장이 이미 가정이 있다는 걸 알고 있었 다고 했죠?

민경 네. 그래서 저도 처음엔 달갑지 않았는데 기훈 씨가 워낙 진지하게 나오니까 저도 점차 마음을 열었죠.

최형사 구체적으로 얘기하면⋯?

민경 가정생활이 행복해 보이지 않았어요. 가정 두고 딴 데 눈 돌리는 남자들⋯ 모두 쓰레기인 줄 알았는데 다 그만한 이유가 있더라구요. 그리고 워낙 저한테 잘했으니까⋯.

최형사 그래도 집에 있는 아내한테 미안한 생각이나 죄책감 같 은 건 들지 않았나요?

민경 여자가 얼마나 못하면 남자가 집을 안 들어갈까요? 다 그만한 이유가 있지 않을까요?

연숙 지금 뭐라고 했어? 오, 네가 그 백여시 같은 년이구나. 너 잘 만났다. 어디 할 게 없어서 남의 남자를 꼬셔서⋯.

민경 꼬시긴 누가 꼬셔요? 댁 남편이 다가왔지. 가만히 있는 날 들쑤신 사람이 누군데⋯.

연숙 누가 다가오든 유부남인줄 알면 막아야지, 네가 꼬리를 치 니까 그러는 거잖아. 하여튼 술집에 나가는 것들은 ⋯.

민경 뭐예요? 술집에 나가는 것들이라니!

연숙 이게 뭘 잘했다고 큰소리 치고 지랄이야! 너 이리 와봐.

민경 이거 왜 이래요? 사람 치겠네.

연숙 그래 너 같은 건 좀 맞아야 정신 차리지, 이 여우같은 년!

허원장   이게 뭔 난리여!

송박사   여기서 이러시면 안 됩니다!

최형사   그만하세요.

연숙   오늘 너 죽고 나 죽자! (민경의 머리채를 잡는다)

민경   아!

허원장   좀 말려요!

김여사   그만, 그만 좀 하세요! 내가 가만히 보고 있으려니 화딱
지나서 더 못 있겠네. 형사님. 저 그만 갈래요. 배심원이
고 뭐고 그만하고 가서 장사나 해야겠어요.

최형사   아니, 왜 이러십니까?

김여사   여기 있는 사람들, 서로 사랑하는 사람들 맞나요?

허원장   왜 이래요? 갑자기….

김여사   (일어나서 절뚝거리며 걷는다) 보세요. 저 걷는 게 이상하죠?
네. 저 다리 하나가 병신이에요. 그래도 남편도 있구요.
(사이) 지금은 없지만….

최형사   그게 무슨 말씀…?

김여사   5년 전에 하늘나라로 갔지요. (사이) 갑자기 눈물이 나오
려고 하네.

사이.

송박사   자, 모두 앉으세요.

김여사 죽은 남편은 시인이라면 시인이었죠. 전 어려서 소아마비를 앓아서 다리를 절었어요. 그래서 전 결혼은 생각도 못하고 그저 좋아하는 글이나 쓰는 작가가 되려고 했어요. 그래서 문학 동호회 모임을 나갔는데 거기서 남편을 만났어요. 남편은 제가 올린 시를 보고 맘에 든다고 가끔 만나서 가깝게 지냈죠. 그러다 1년이 지난 후에 그이가 저에게 청혼을 하더라구요. 전 처음엔 거절했죠. 하지만 남편은 외적인 것보다 속마음이 더 중요하다고 다리가 그런 건 아무 상관이 없다고 저를 계속 설득을 하더라구요. 그래서 결혼을 하게 됐죠. 남편이 죽기 전까지 우린 크게 싸워본 적이 없어요. 사랑하는데 싸울 까닭이 있나요? 근데 이게 뭐예요? 아침에 일어나서 조금 여유 있다 싶으면 금방 점심때 되고, 점심 먹고 뭐 좀 하다 보면 금세 저녁 돼요. 하루해가 긴 것 같아도 정말 짧아요. 사랑하기에도 부족한 시간이에요. (사이) 남편도 그렇게 빨리 갈 줄 몰랐어요. 항상 내 곁에 있을 줄 알았는데… 남편은 죽었지만 남편만 생각하면 슬프다가도 여기 가슴이 따뜻해져요. 보이진 않지만 지금도 내 곁에 있는 것 같이 느껴져요. 그래서 힘들어도 하루하루 살아가요. 언젠가 다시 만날 날을 생각하며….

사이.

허원장   자기 좀 달라 보인다. 시인 부부라니….

김여사   내가 쓸데없는 소릴 다하고…

허원장   아니요. 멋져부러….

사이.

미스홍   언니…. (부축해서 자리에 앉힌다)

민경   내가 뭐 잘못했니? 뭐? 술집 나가는 것들…?

미스홍   그냥 넘겨요, 언니….

최형사   잠시 쉬었다 하죠. 차 한잔씩 하시고….

모두 나가고, 민경과 연숙, 둘만 남는다.

민경, 연숙에게 다가간다.

연숙   왜? 잘못을 빌려고?

민경   왜 남편이 당신을 멀리하는 줄 알아요?

연숙   또 뭐래?

민경   서로 각방 쓴 지 꽤 오래 됐다면서요?

연숙   그래서?

민경   무늬만 부부. 그럴 바엔 차라리 헤어지는 게 낫지 않았을
까요?

연숙   잠자리하지 않는 부부들 많아. 꼭 잠자리를 같이 해야만

부부야? 그동안 같이 해온 시간이 있고… 애들도 있고….

민경 그렇게 껍데기로 같이 사는 건 서로에게 불행 아닐까요?
이제 그만 놓아주세요. 각자 행복을 찾도록 ….

연숙 이젠 그럴 필요조차 없게 됐어. 죽고 없으니… 남편한테
무슨 볼일이 남아있어? 당신한테도 빌려간 돈이라도 있
나?

민경 그런 거 없어요.

연숙 그럼, 다행이고… 있다고 해도 내가 갚을 이유도 없지
만….

연숙, 밖으로 나간다.

사람들, 차를 마시며 들어온다.

박사장 막간을 이용해서 한 마디 할게요. 이쪽으로 모여 봐요.

허원장 무슨 일인데요?

박사장 통장으로서 한 말씀 올리겠습니다. 정 사장님도 이리 오
세요.

상철 저요?

박사장 아, 같은 아파트 주민이잖아요.

상철 네. 그러죠.

박사장 최근에 택배 기사로 가장해서 아파트에 들어와 모녀를
살인한 사건 다들 아시죠?

김여사　난 금시초문인데….

허원장　뉴스 좀 보고 살아요!

김여사　뭔 일인데?

박사장　3년 동안 사귀던 여자가 갑자기 그만 만나자고 하자 남
　　　　자가 여자 집에 찾아가서 말다툼 하다가 모녀를 살인한
　　　　사건이요.

김여사　뭔 그런 일이 다 있어? 그만 만나자면 하면 안 만나면 될
　　　　일인데 살인까지 혀?

허원장　아무튼 요즘 그 스타킹 범죄가 문제긴 문제예요.

상철　　스타킹? 스토킹 아니에요?

허원장　오메, 내가 스타킹이라 했어? 말이 헛나왔네 헛나왔어.
　　　　호호….

박사장　그래서 말이 나온 게 우리 아파트도 출입통제를 하자는
　　　　겁니다. 정문 입구부터 각동 출입문까지 통제를 해야 미
　　　　연에 그런 사건을 막을 수 있겠지요.

김여사　그러니까 요즘 새로 생긴 아파트처럼 입구에 차단기 설
　　　　치하고 출입문 비번 달고, 그렇게 하자는 건가요?

박사장　네. 맞아요.

김여사　그러려면 돈 많이 들 텐데….

박사장　그래서 모여서 회의도 하고 주민들 동의를 받아야 하는
　　　　겁니다.

허원장　아니, 그거 관리비에서 하면 안 돼요? 돈을 따로 걷어야

하나요?

박사장 관리비로는 어림도 없거든요. 돈이 한두 푼 들어가야지요.

상철 그런 일이 우리 아파트에 일어나면 우리 아파트는 끝이여. 집값 폭삭 떨어져요.

김여사 그럼 대략 각 집에서 얼마씩이나 내야 하는 건데요?

박사장 자세한 것은 빼봐야 한다는데… 한 돈 백 되려나?

김여사 백만 원이요? 뭔 돈이 그렇게 많이 든다요?

박사장 아, 돈보다 목숨이 중하지요.

김여사 난 누가 쫓아올 놈도 없으니까 그 젊은 색시들 있는 집이나 많이 내라고 하고 나 같은 사람은 좀 감해 줘요.

박사장 아니어요. 아줌씨는 아직까정 쓸 만해요.

김여사 뭔 소리요? 지금 나한테 수작 거는 거예요?

박사장 네? 무슨 말씀을… 아직 젊다는 겁니다.

허원장 아파트 값 떨어진다는데 군말 말고 해요.

박사장 정 사장님 의견은 어떠세요?

상철 전 결정되는 대로 따라서 할게요. 그런 일이 우리 아파트에 일어나면 안 되죠.

허원장 아, 그런데 갑자기 백만 원을 어디서 만들지?

상철 돈 많으신 분이 꼭 앓는 소리를 한다니까….

허원장 아, 사장님은 그런 소리 말고, 우리 상가 2층 그 미친년이나 어떻게 해봐요.

김여사 미친년? 그 뭔 소리지?

허원장 원래 독일유학까지 갔다 온 여자인데 하루아침에 신을 받았다며 난데없이 점집을 차려 가지고… 보기도 안 좋고 그러다가 아파트값 떨어지게 생겼다니까요.

김여사 아니 유학까지 갔다온 여자가 뭔 할 일이 없어서 점쟁이가 되었다요?

허원장 생긴 건 반반해가지고 아무 데서나 담배를 쪽쪽 빨고 다니질 않나, 그 집에 수시로 남자들이 들락거리질 않나… 점을 치는 건지 꼬리를 치는 건지… 박 사장님도 거기 안 다녀요?

박사장 아이고 난 거기 점집이 있는 것도 몰랐어요.

허원장 아니 정 사장님은 왜 그런 여자한테 집을 소개시켜 줘가지고 ….

상철 아, 나도 그런 일 할 줄 몰랐지요. 그냥 개인 취미로 간단하게 뭐 한다고 해서 그런 줄로 알았지….

허원장 하여튼 우리 동네가 왜 이렇게 돼버렸는지 모르겠네. 끔찍한 살인 사건이 일어나질 않나, 웬 미친년이 온 동네 싸돌아다니며 남정네들 홀리고 다니질 않나, 아무래도 빨리 집 팔고 떠나야 할랑가 싶네.

상철 집 팔려면 나한테 말해요. 잘 해줄 테니….

허원장 아, 됐어요! 화나는데 부채질 하는 것도 아니고 ….

김여사 여기가 무슨 골목 상가도 아니고 아파트에 뭔놈의 점집이여?

상철 그렇지 않아도 집주인이 찾아와서 무슨 방법이 없겠냐고 하는데… 임대계약이 아직 안 끝나서 내 쫓을 수도 없고… 그렇네요.

허원장 그러니까 사람들 잘보고 세줘야지 아무나 들이면 안 된다니까요.

박사장 그래서 통제가 필요한 겁니다. 아무튼 출입구 통제하는 거 다 동의하시는 거죠?

허원장 네.

박사장 김 여사님은?

김여사 어쩔 수 없지요.

최 형사, 송 박사 들어온다.

최형사 다들 계시나요? 누구 한 명, 안 보이는 것 같은데….

송박사 저기 오시네요.

연숙, 들어와 앉는다.

최형사 다시 시작할까요? 자, 이제부턴 마지막으로 사건 당일 행적에 대해 얘기해봅시다. 먼저 차연숙 씨.

연숙 네.

최형사 사건 발생 전 남편을 마지막으로 본 게 언제죠?

연숙   일주일 전이에요.

최형사   일주일이나 집에 안 들어왔어요?

연숙   공사 현장에 간다고 며칠 걸린다고 했어요.

최형사   공사 현장은 어디였죠?

연숙   강원도라고 했어요.

최형사   사건 당일에 남편은 평화동에 있었는데 아무 연락이 없
          었나요?

연숙   네.

최형사   왜 연락이 없었을까요? 바로 코앞에 있으면서….

연숙   전화는 왔었어요.

최형사   뭐라고 하던가요?

연숙   집에 못 들어온다고….

최형사   어쨌든 사건 당일에 남편이 평화동에 와 있는 건 알았다
          는 거네요?

연숙   네. 무슨 문제 있나요?

최형사   그날은 뭐했죠? 저녁 시간에.

연숙   잤어요.

최형사   아니, 자기 전에….

연숙   불을 껐죠.

일동 웃는다.

최형사   아니… 지금 장난해요?

연숙   티비 좀 보다가 잤어요.

최형사   혼자 있었나요?

연숙   그럼 혼자 있지, 누구랑 있어요?

최형사   우리가 알아본 바로는 그날 밤에 연숙 씨는 집에 없었는 데 어디서 잤죠?

연숙   그건 사생활 아닌가요?

최형사   말하세요.

연숙   호텔….

최형사   아니, 왜 집 놔두고, 돈 들여서 호텔에?

연숙   무서워서요. 혼자 있는 게 무서워서요.

최형사   뭐가 무섭다는 거죠?

연숙   밤이면 느닷없이 누가 와서 문을 두드리질 않나… 12시 가 넘어서도 전화가 울리질 않나….

최형사   스토커 있었나요? 그럼 신고하셔야지….

연숙   아니, 남편 찾는….

최형사   아, 네. (사이) 근데 호텔에서는 혼자 있었나요?

연숙   네?

최형사   외로우니까 누굴 불렀을 수도 있고….

연숙   누구요?

최형사   남자?

연숙   지금, 장난해요?

사이.

송박사　돈도 안 갖다 줘… 집에도 안 들어와… 굳이 남편과 계속
　　　　살 이유가 있었을까요?

연숙　　이혼녀보다는 났겠죠.

송박사　요즘 우리나라도 혼인 대비 세 쌍 중 한 쌍이 이혼하고
　　　　있어요. 이젠 체면 문제나 부끄러운 일이 아니에요.

연숙　　그래서 제가 이혼 안 한 게 잘못이라는 건가요?

송박사　그런 뜻은 아니구요. 누구나 보다 나은 삶을 선택할 자유
　　　　가 있다는 겁니다.

연숙　　난 불행이 좋아요.

송박사　네? 그건 무슨 뜻이죠?

연숙　　난 지금껏 불행 속에서 살다보니 불행과 익숙해져서 이
　　　　젠 가까운 친구처럼 됐어요. 어려서부터 항상 행운은 멀
　　　　리 있었고 불행만이 내 주위를 맴돌았죠. 부모님 다 빨리
　　　　돌아가시고 혼자 가장이 되어 살겠다고 몸부림쳤고, 지
　　　　긋지긋한 가난에 몸서리치다 이 사람을 만나 드디어 불
　　　　행이 끝났나 싶었는데 타고난 운명은 거스릴 수 없었나
　　　　봐요. 굳이 새로운 행복을 찾겠다고 나서봤자 다시 제자
　　　　리로 돌아 올 것은 뻔한 일… 차라리 지금 현재를 견디는
　　　　게 더 낫겠다 싶었죠. 체념을 하면 편해지더라구요.

송박사　그래도 남편이 막상 떠나고 나니까 어때요? 슬프진 않

나요?

연숙   사실 그저 담담해요. 없는 듯 생각하고 살아왔으니까….

사이.

최형사   김동준 씨.

동준   네.

최형사   사건 나던 날 오전에 뭐했죠?

동준   미용실에 갔습니다.

최형사   어느 미용실?

허원장   우리 가게에 왔어요.

최형사   아, 그래요?

허원장   파마를 했어요. 옷도 말쑥하게 차려입고… 무슨 선보는
줄 알았죠.

최형사   그래요? 동준 씨. 그날 선 봤어요?

동준   아니요, 그냥 기분전환 좀 하고 싶어서 머릴 했습니다.

허원장   에이, 다 속여도 내 눈은 못 속이지. 누군가와 약속이 있
었던 게 분명해요. 틀림없이 여자요. 저처럼 많은 사람을
상대해보면 척 보면 알죠. 뭔가 들떠있으면서 긴장돼 있
다고 할까요.

최형사   누굴 만났죠?

동준   만나려고 했죠.

허원장　그렇다니까….

최형사　그런데?

동준　만나지 못했습니다.

최형사　서민경 씨말인가요?

동준　그날은 눈이 내려 사방이 온통 백색의 세상이 됐습니다. 하얀 배경에 새빨간 붉은 색이 절묘하게 어울리는 걸 본 적 있습니까? 그랬습니다. 그녀는 빨간 립스틱을 하고 있었습니다. 그건 새하얀 눈과 대조를 이루며 확연히 눈에 띄었고 말할 수 없이 강렬했습니다.

최형사　그래서 민경 씨를 만났단 말인가요?

동준　바람맞았습니다. 약속 장소에 나오지 않았습니다. 난 그날 결단을 내리려고 했죠. 마지막으로 내 진심을 보여주고 아니면 끝내려고 했죠.

최형사　약속장소에 나오지 않았다… 그래서 어떻게 했죠?

동준　저녁에 가게로 찾아갔어요. 가게 문이 열리자마자 쫓아가려고 했으나 손님들 있는데 영업방해를 하면 안 될 것 같아서 가게 끝나기를 기다렸습니다. 단 둘만 만나려구요.

최형사　그래서 만났어요?

동준　아니요. 마지막 손님이 나가고 내가 막 들어가려고 할 때 강기훈 씨가 나타났습니다. 그래서 들어가지 못하고 밖에서 더 기다렸는데, 잠시 후, 민경 씨가 가게 밖으로 나왔습니다.

최형사　그래서요?

동준　민경 씨는 가게 문을 밖에서 잠궜습니다.

최형사　잠깐, 강기훈 씨가 안에 있는데… 강기훈 씨는 안 나왔
　　　　나요?

동준　네. 나오지 않고 민경 씨 혼자만 나왔습니다.

최형사　그럼 민경 씨 말고 강기훈 씨를 마지막으로 본 건 동준
　　　　씨 맞나요?

동준　네.

최형사　그리고 가게에 화재가 났고… 잠깐, 서민경 씨. 왜 사람
　　　　을 안에 두고 밖에서 문을 잠궜죠?

민경　그건… 그이가 거기서 자고 간다고 해서 그렇게 했을 뿐
　　　　이에요.

최형사　근데 왜 밖에서 잠궜어요?

민경　그래야 안에 아무도 없는 것처럼 보인다고 그렇게 해달
　　　　라고 했어요.

최형사　그건 무슨 이유에서죠?

민경　사실 그때 그인, 빚 땜에 여러 사람들에게 쫓기고 있었거
　　　　든요.

최형사　빚 땜에 그랬다… 사실이에요?

민경　정말이에요. 제가 거짓말 할 이유가 없죠.

최형사　불은 왜 났다고 생각해요?

민경　그건 저도 잘 모르겠어요. 특별한 건 없었는데….

최형사 혹시 가스불을 안 잠갔다든가….

민경 그날 마지막 손님이 간 후에 확실히 잠갔어요.

최형사 문만 밖에서 안 잠겼어도 강기훈 씨는 죽지 않았을 거예요. 짐작되는 사람은 없어요? 원한 관계라든가….

민경 잘 모르겠어요.

최형사 그날 밤 김동준 씨는 만났나요?

민경 아니요. 전 바로 집으로 갔어요.

최형사 집으로 갔다… 그때가 몇 시쯤이었죠?

민경 11시쯤 됐어요.

최형사 보통 그때 가게를 닫나요?

민경 아니요. 손님에 따라서 빨리 닫기도 하고 더 늦어지기도 하고… 그날은 손님이 없어서 좀 빨리 끝난 편이죠.

최형사 곧장 집으로 갔어요?

민경 그 늦은 시간에 제가 어딜 가겠어요?

최형사 그 시간에 집에 들어가는 걸 본 사람 있나요? 아파트에 물어보면 다 알 수 있어요.

민경 분명 바로 집에 들어갔다니까요.

사이.

최형사 미스 홍.

미스홍 왜 그러세요? 전 아무 죄도 없어요.

최형사 아, 그런 게 아니고… 같이 한집에 살았다고 했죠? 그날 서민경 씨 집에 들어오는 거 봤어요?

미스홍 저….

최형사 왜 말을 못해요?

미스홍 전 못 봤어요.

최형사 왜 못 봤죠?

미스홍 그날, 전 집에 안 들어갔어요.

최형사 외박했다는 건가요?

미스홍 네.

최형사 그럼 그날 어디에 있었죠? 누구랑?

미스홍 그….

최형사 조사하면 다 나와요. 괜히 뒤집어쓰지 말고….

상철 저, 제가 한 말씀 드려도 될까요?

최형사 뭡니까?

상철 실은… 미스 홍은 저랑 같이 술 한잔 했습니다.

최형사 그래요? 의외네요. 누가 먼저 마시자고 했죠?

상철 제가….

최형사 왜죠?

상철 미스 홍이 고민이 많다고 해서 들어줄 겸해서….

최형사 몇 시에 만났죠?

상철 10시쯤 만났습니다. 집 앞 호프집에서 ….

최형사 몇 시까지 같이 있었죠?

상철　12시쯤 됐을 거예요.

최형사　미스 홍, 그 후에도 집에 안 들어갔어요?

미스홍　저….

상철　저의 집으로 갔어요.

최형사　네? 집엔 아무도 없었나요?

상철　마침 그때 와이프가 시골에 가고 없어서….

최형사　아, 좋은 기회였군요.

미스홍　저흰 아무 일도 없었어요. 제가 너무 취해서 바로 잠들어 버렸거든요. 정말이에요. 이상한 눈으로 보지 마세요. 저 흰 그런 사이 아니에요. 그저 고민 상담하느라….

최형사　고민 상담? 대체 그 고민이 뭐길래 밤늦게, 더구나 남자 혼자 있는 집에 가서….

미스홍　언니에겐 미안한 얘기지만 가게에서 계속 일해야 하는 지, 고민이 많았어요. 언니는 가게 사장인데다 돈 많은 사람도 만나고 미래가 보이지만 전 알바라 돈도 못 벌고 몸만 축나고….

최형사　그래서 미스 홍도 돈 많은 남자 한번 만나보려구요?

상철　난 돈 없어요. 있는 건 달랑 아파트 한 채….

미스홍　네? 상가 있다면서…?

상철　아, 그건 와이프 명의로….

미스홍　뭐예요! 아, 골 때려… 형사님. 저 고소할래요.

최형사　고소? 누굴요?

미스홍　이 사람이요. 혼인빙자간음… 아니, 성폭행!

최형사　아니, 아무 일 없었다면서요?

미스홍　아까는…!

사이.

허원장　아이고 동네 창피해서 원… 딸 같은 애하고….

김여사　동네 물 다 배렸네….

최형사　확실히 말해요. 고소하는 겁니까?

상철　아니에요. 형사님, 뭔가 오해가 있는 것 같네요. 제가 미스 홍과 잘 얘길 해볼게요. 미스 홍, 그러지 말고 이따 나랑 얘기 좀 해. 뭐 좋은 게 좋은 거 아니겠어?

미스홍　….

최형사　그렇다면 서민경 씨. 집에 들어가는 걸 아무도 본 사람이 없다는 건데… 바로 집에 갔다는 걸 어떻게 증명할 수 있죠?

민경　그렇게 묻는 의도가 뭐죠? 내가 혹 기훈 씨를 어떻게 했다는 건가요? 뭣 때문에? 원한 질 이유도 없고 더구나 나에게 도움을 주는 사람인데….

최형사　자주 싸웠다면서요?

민경　그건 누구나 그런 것 아닌가요? 사랑하는 남녀 지간에 싸우지 않는 커플이 있나요?

최형사   강기훈 씨한테 돈 빌려준 적 있죠?

민경   네. 하지만 그것과 무슨 상관이 있죠?

최형사   남자가 여자에게 돈을 요구한다… 그건 정상적인 남자가
아닐 겁니다.

민경   아니에요. 하청업자에게 지불해줘야 한다고 급히 필요하
다 해서….

최형사   그래서 돈은 되돌려 받았나요?

민경   아직….

최형사   보세요. 그런 남자들은 돈 빌려주면 며칠간 연락을 끊어
버리다가 돈 떨어지면 그때야 연락이 되고 나타납니다.
그렇지 않나요?

민경   기훈 씨는 그런 사람 아니에요.

최형사   남녀 관계에 돈이 개입되면 문제가 많아요. 때론 극단적
인 상황이 발생하곤 하죠. 정말 집에 들어갈 때 아무도
본 사람이 없어요?

동준   제가 봤어요. 민경 씨 집에 들어가는 거 제가 봤어요.

최형사   그래요? 자세히 얘기해 봐요.

동준   제가 민경 씨 집까지 뒤따라갔어요.

최형사   아니, 카페 앞에서 민경 씨를 봤으면 만나서 바로 얘기하
면 되지, 왜 뒤따라갔어요?

동준   차마, 말을 못했어요. 아니, 뒤따라가서 붙들고 얘기하려
고 했는데 못했어요.

최형사　왜 못했죠?

동준　그날따라 용기가 안 났어요. 더구나 민경 씬 너무 지쳐 보였고, 가는 뒷모습이 너무 애처로워 보여서 차마 말 걸기가 ….

최형사　그래서 다시 카페로 왔다… 그렇다면 결국 한 사람으로 모아지는데… 당신이 불을 질렀나요? 말해봐요!

동준　그러고 싶었어요. 죽이고 싶었어요.

최형사　누굴요? 강기훈 씨?

동준　미웠어요. 그 자식만 없으면 좋겠다고 생각했어요. 그 자식만 없으면 민경 씨가 내게 올 거라고 생각했어요.

최형사　그래서 방화를 했다?

동준　아니요, 하고 싶었다구요! 그러고 싶었다구요!

최형사　뭐야 도대체… 똑바로 말해요. 불을 질렀어요, 안 질렀어요?

동준　불을 질렀어요, 제가 그랬어요.

허원장　세상에….

최형사　그날 119에 신고한 사람도 당신이죠?

동준　네.

최형사　그럼, 본인이 불을 지르고 나서 신고도 하고….

동준, 민경에게 다가간다.

동준   민경 씨, 당신 때문이야. 당신을 위해서….

민경   정말 아저씨가 한 거 맞아요?

동준   그래야만 민경 씨가 그 남자를 잊을 것 같아서… 그 남자가 없어져야….

민경   어떻게 이럴 수가… 아저씨 제 정신이에요?

동준   이젠 다 해결됐잖아요! 우리 앞에 이젠 아무런 걸림돌이 없어요.

민경   그렇다고 내가 아저씨를 좋아할 줄 알아요!

동준   (민경의 손을 움켜잡는다) 난 오직 민경 씨를 구하기 위해….

민경   (손을 뿌리치며) 치워요. 저리 가요!

동준   민경 씨!

민경   난 아이를 가졌다구요! 그이의 아이예요. 아저씬 천벌을 받을 거예요.

일동, 놀람이 크다.

동준   (깊은 한탄) 아….

최형사   김동준 씨. 확실히 대답해요. 모두 사실이에요? 그렇다면 당신은 고의적 방화살인죄로 체포됩니다.

김여사   잠깐만요, 뭔가 이상해요. 그럴 리 없어요.

최형사   네?

김여사 나 그날 밤 저 사람 봤어요.

최형사 그게 무슨 말이죠? 방화현장을 목격했다는 건가요?

김여사 아니요. 저 사람은 그날 밤 카페 앞에서 꽃을 들고 서 있었어요. 줄곧 3시간 가까이요. 우리 가게가 카페와 마주보고 있어서 다 보여요. 그날 손님도 없고 해서 무슨 일인가 하고 유심히 보고 있었죠. 그런데 그렇게 한참을 서 있다가 그냥 가는 걸 봤어요.

최형사 그날 서민경 씨도 봤나요?

김여사 네. 저 사람 간 뒤로 마지막으로 카페 밖으로 나온 걸 봤어요.

최형사 서민경 씨 간 뒤로 김동준 씨가 또 오지 않았나요?

김여사 아니요. 내가 있을 때는 오지 않았어요.

최형사 그럼 그 후에 불난 것은 봤어요?

김여사 아니요. 나도 바로 가게 문 닫고 집에 들어갔죠.

최형사 아, 이게 어떻게 된 거야?

동준 내가 한 것 맞다니까요! 내가 그랬다구요!

최형사 (전화를 받는다) 뭐? 알았어. 지금 갈게.

최형사, 급히 자리를 뜬다.

상철 야, 김동준. 확실히 말해! 너 잘못하면 살인죄로 들어갈 수 있어. 네가 정말 그랬어?

동준 내가 그랬다는데 왜 내 말을 안 믿는 거야!

상철 야, 미친놈아. 왜 네가 그런 짓을 해?

김여사 이상한데… 그럴 리가 없는데….

허원장 뭐 잘못 본 거 아니에요?

김여사 틀림없다니까요.

허원장 박 사장님은 뭐 본 거 없어요?

박사장 아, 내 가게는 많이 떨어져 있어서 안 보여. 난 잘 몰라.

사이.

민경 대체 무슨 속셈이죠? 정말 아저씨가 한 거 맞아요?

동준 난….

최형사, 들어온다.

최형사 새로운 사실이 나왔습니다. 방화범은 따로 있습니다. 김 동준 씨는 아니고… 그날 밤 CCTV에 누군가 카페 창문으로 불을 던져서 방화하는 게 찍혔습니다.

일동 네?

허원장 그게 누구죠?

최형사 자세한 건 더 조사해봐야 합니다. 일단 오늘 심리는 여기서 마쳐야 할 것 같습니다. 모두 수고 많았습니다. 이제 돌아가셔도 됩니다. 차연숙 씨는 잠깐 남으시죠.

연숙 네? 무슨 일로….

최형사 확인할 게 있어서요. 잠깐이면 돼요. 따라 오세요.

최형사와 연숙, 같이 나간다.

민경 (동준에게) 왜 그랬어요? 그렇다고 내가 아저씨에게 마음을 줄 거라 생각해요? 아저씬 첨부터 아니었어요. 앞으로 나 볼 생각은 하지 말아요.

동준 잠깐만, 민경 씨!

민경, 나간다.

허원장 그동안 헛다리만 짚었어.

김여사 참, 허망하네요.

허원장 갑자기 술이 확 땡기네. 박 사장님 나가서 한잔 할까요?

박사장 전 막걸리만 마십니다.

미스 홍, 먼저 빠져 나간다.

상철 미스 홍! 같이 가!

미스홍 따라오지 마세요!

사람들 다 나가고 송 박사와 동준만 남는다.

송박사 왜 거짓말을?

동준 난 민경 씨가 저지른 일인 줄 알고….

송박사 그래서 뒤집어쓰려고요?

동준 달리 방법이 없잖아요. 그날 밤, 카페에는 민경 씨와 강 사장 둘뿐이었고, 더구나 밖에서 문을 잠갔다는데….

송박사 한 편의 동화 같네요. 바보 같고 무모하고….

동준 ….

송박사 민경 씨가 당신에게 돌아올 거라고 믿나요?

동준 사랑을 처음 시작할 땐 마치 폭풍 속에 있는 것과 같아요. 눈 뜨기도 힘들고 앞은 보이지 않고 몸을 가누기도 힘들고… 어디로 가야하는지 방향을 잃고 오래 서 있지도 못해요. 그러다 아예 쓰러져 못 일어나기도 하고. 바람이 멎고 한숨을 돌리고 나서야 난 비로소 느꼈어요. 사랑이 단지 열정이라면 쉽게 무너지고 말아요. 폭풍 속에 있는 것처럼… 내 진심을 알 때까지 조용히… 그리고 계속 기다릴 거예요.

동준, 천천히 걸어서 나간다.

송 박사, 담배를 꺼낸다. 벽에 붙은 금연 문구를 보고 다시 집어넣는다.

믹스커피를 타서 한 모금 마신다.

송박사 이 컵이나 물건은 내 맘대로 할 수 있어도 사람 맘은 맘
대로 할 수 없나 봐요. 과연 동준 씨는 어떻게 될까요? 다
시 민경 씨와 만날 수 있을까요?

최 형사, 다가온다.

최형사 송 박사님 수고 많았어요.

송박사 결과는 나왔나요?

최형사 네. 수사결과는 알고 끝내야겠죠. 방화범은 누구라고 생
각하시나요? (사이) 전혀 예상 밖으로 죽은 강기훈 씨 아
내였습니다.

송박사 네?

최형사 놀라셨나요? 차연숙 씨는 사건 당일 밤, 카페 안에 강기
훈 씨만 있는 것을 확인하고 청부업자를 시켜 방화하도
록 했습니다. 그건 모두 남편의 사망보험금을 타기 위해
벌인 일이었습니다. 하지만 보험금 10억은 결국 서민경
씨에게 돌아가게 될 겁니다. 단, 서민경 씨가 강기훈 씨
아이를 낳는다는 전제 하에… 전 이 사건을 언론에 알리
지 않고 조용히 처리하고자 합니다. 여기 주민들을 위해
서… 잘 했나요? 별로 좋은 일은 아니잖아요.

암전.

동준, 꽃다발을 들고 카페 앞에서 기다린다.
'종점' 두 글자가 희미하게 빛난다. 음악이 흐른다.

끝.

김용선 희곡집 2

평화동에 사랑이 있습니다

초판 1쇄 인쇄일   2022년 12월 22일
초판 1쇄 발행일   2022년 12월 27일

지 은 이   김용선
만 든 이   이정옥
만 든 곳   평민사
           서울시 은평구 수색로 340 〈202호〉
           전화 : 02) 375-8571   팩스 : 02) 375-8573
           http://blog.naver.com/pyung1976
           이메일   pyung1976@naver.com
등록번호   25100-2015-000102호
ISBN   978-89-7115-080-1   03800
정   가   14,000원

2022년 전북 문화관광재단 지역문화예술육성지원사업 작가로 선정되어 이 책을 출판함